게 누구요
날 찾는 게 누구요

토끼전

자료 출처

[국립중앙도서관] 「퇴별가」(19쪽), 「토생전」(18쪽), 「토의간」(20쪽), 「토별가」(20쪽), 「자산어보」(69쪽), 「난호어목지」(70쪽), 「황성신문」1909년 5월 7일자 기사(186쪽)

[국립민속박물관] 용왕(39쪽), 쏘가리(64쪽), 산신도(115쪽), 김유신묘 탁본(136쪽), 옛 그림 속 토끼(137쪽), 방패연(137쪽), 가사 장식(142쪽)

[국립중앙박물관] 토끼무늬수막새(140쪽), 어해도(71쪽)

[규장각한국학연구원] 「토끼전」(18쪽)

[국사편찬위원회] 「삼국사기」 열전(167쪽, 171쪽)

[숭실대학교 한국기독교박물관] 김준근의 잉어(62쪽)

[연세대학교 도서관] 「우해이어보」(68쪽)

[일본 국립국회도서관] 「화한삼재도회」 속 인어(84쪽)

[일본 도야마대학 도서관] 「우순소리」(189쪽)

[일본 와세다대 도서관] 「용궁부연록」(41쪽)

[호암미술관] 김홍도의 호랑이 부분(114쪽)

열네 살에 다시 보는 우리 고전 ❹
게 누구요 날 찾는 게 누구요
토끼전

1판 1쇄 발행일 2015년 12월 28일 | 1판 2쇄 발행일 2017년 4월 14일 | 글쓴이 고영 | 그린이 이윤엽 | 펴낸 곳 (주)도서출판 북멘토 | 펴낸이 김태완 | 편집장 이희주 | 편집 이슬, 오지숙 | 디자인 김승일, 안상준 | 마케팅 이용구 | 관리 윤희영 | 출판등록 제6-800호(2006. 6. 13) | 주소 03990 서울시 마포구 월드컵북로 6길 69(연남동 567-11), IK빌딩 3층 | 전화 02-332-4885 | 팩스 02-332-4875

ISBN 978-89-6319-153-9 44810
ISBN 978-89-6319-143-0 44810(세트)

「이 도서의 국립중앙도서관 출판예정도서목록(CIP)은 서지정보유통지원시스템 홈페이지(http://seoji.nl.go.kr)와 국가자료공동목록시스템(http://www.nl.go.kr/kolisnet)에서 이용하실 수 있습니다.(CIP제어번호: CIP 2015034162)」

열네살에
다시보는
우리고전
❹

게 누구요
날 찾는 게 누구요

토끼전

고영 글 · 이윤엽 그림

북멘토

토 선생,
민중의 간에 풍자를 새기다

먹이사슬 아래쪽에서 온 주인공

토끼는 사냥하는 짐승 가운데 가장 작은 축에 속하는 동물
인 여우의 사냥감입니다. 북슬북슬한 털 아래로 까만 눈이 반
짝일 뿐, 위협적인 엄니도 날카로운 발톱도 없습니다. 잘 뛴다,
잘 달린다고는 하지만 뭇짐승을 제압하는 호랑이, 표범, 사자,
늑대와 같은 맹수의 거센 질주와는 다르죠. 그저 무언가에 쫓
겨 달아나느라 아등바등 뛰고 달릴 뿐!

한마디로 토끼는, 생긴 데서부터 살아가는 모습에 이르기까

지 '작음'과 '약함'을 몸에 새긴 짐승입니다. 그렇기에 토끼가 타고난 '작음'과 '약함'을 제 꾀와 순발력으로 극복하고 저보다 크고 강한 존재를 따돌리는 『토끼전』의 줄거리는 보통 사람들에게 '살았구나' 하는 안도감과, '이겼구나' 하는 쾌감을 안겨 줄 만합니다. 여러분 주변을 둘러보세요. 대개 토끼나 다름없는 보통 사람들 아닌가요? 토끼의 작음과 약함에 동질감을 느낄 수밖에 없는 사람들 아닌가요?

토끼를 잡아 그 간을 약으로 쓰려는 용왕 대 토끼의 대립이야말로 이 작품의 동력이자 뼈대입니다. 이미 눈치챘겠지만 아주 간단하게 요약해서, 『토끼전』은 작고 약한 존재 대 크고 강한 존재 사이의 대립을 바탕으로 한 소설입니다. 작고 약한 토끼의 태생적 특징은 보통 사람들의 공감과 응원을 이끄는 밑절미가 되고, 이는 다시 권력을 쥐고 보통 사람들을 지배하는 계급과 그 계급의 지배를 받아야 하는 계급 간의 대립으로 상징 세계를 넓히지요. 세부로 들어가면 분수에 맞지 않게 잘 먹고 잘살 망상을 하다가 신세를 망치는 보통 사람의 약점이 드러나는가 하면, '간 빼고도 살 수 있다'는 말도 안 되는 거짓에 속는 권력자의 한심함이 드러납니다.

『토끼전』은 그 뿌리가 고대 인도 설화에도 보이고, 『삼국사기』 김춘추의 기록에도 보이는 연원 깊은 이야기입니다. 조선 시대 후기에 와서는 이처럼 인간 사회 전체를 풍자하는 소설로 새로이 자리를 잡았고, 판소리로 변신도 했습니다.[1]

용왕은 어쩌다 병에 걸렸나

이야기는 용왕에게 병이 나는 데서 시작합니다. 용왕은 온갖 음식과 술을 먹고 마시며 며칠이나 놀다가 탈이 나고 맙니다. 한데 수궁에서는 그 치료법을 찾지 못합니다. 수궁의 조정은 스스로 처방을 마련하지 못했고, 하늘에 빈 끝에야 하늘의 사자로부터 '토끼의 간'이라는 처방을 내려 받지요.

용왕은 물나라의 최고 권력자이자 정치의 책임자입니다. 한데 사치와 향락에 파묻혀 있다가 자기 신세를 망쳤습니다. 이

---

1 〈수궁가〉, 〈토별가〉라고 한다.

는 조선 시대의 사치와 향락과 맞아떨어집니다. 조선 후기 서울의 큰 골목은 술집이 차지하고 있었지요. 당시 기록에 따르면 작은 술집들이 처마에 처마를 잇대고 늘어선 지 오래였고, 호사스런 술상에 홀려 술집을 드나들다 빚을 지고 패가망신하는 사람까지 생겨났다는군요. 한 벼슬아치는 서울에서 유통되는 쇠고기나 생선 가운데 절반 넘는 양이 술안주로 허비된다며 한심해하기도 했습니다. 그러나 권력을 쥔 자들, 책임이 있는 자들은 이 상황에 대해 별다른 대응을 하지 못합니다. 술을 빚지도 마시지도 말라는 금주령은 왕실과 높은 벼슬아치가 먼저 어겼습니다.

지배 계급의 사치는 백성에 대한 수탈과 맞물려 있습니다. 억지로 더 걷는 세금에 백성의 부담은 더 이상 견딜 수 없을 지경이 됐고요, 군역과 환곡의 문란도 지나친 조세 부담과 손에 손을 잡고 백성을 괴롭혔습니다. 이러느라 백성의 안녕, 나라의 기강, 농업과 상공업의 진흥은 뒷자리로 물러나 있었고요.

일선 벼슬아치의 탐욕과 수탈에 사람들은 참다 참다 떨쳐 일어나기도 했지요. 가령 1811년부터 1812년 사이에 오늘날의 평안북도 일대를 뒤흔든 홍경래의 난, 1862년 진주에서 시작해 조선 전국 일흔한 군데 고을로 번진 임술민란, 1894년의 고부민란과 그 뒤를 이은 갑오농민전쟁 들이 다 지배 계급의 탐욕, 수탈, 무능, 나태와 그에 따른 보통 사람들의 고통과 분노에서 비롯했다고 할 수 있습니다.

이런 일이 있을 때마다 조선 조정은 대책을 마련한다고 시끌벅적했습니다. 그러나 조선 후기 내내 제대로 된 처방은 단한 번도 나오지 않았습니다. 법률을 벗어나 거둔 세금, 억지 군역에 따라 억지로 더 거둔 군포, 나라가 벌인 고리대금업으로 전락한 환곡의 이자는 뇌물로 변해 지방에서 중앙으로, 중앙에서 다시 왕실과 외척의 손아귀에 들어갔습니다. 왕실과 외척을 포함한 권력자들은 뇌물 잘 바치는 벼슬아치를 두둔했고, 뇌물 잘 바칠 만한 사람에게 벼슬을 팔았습니다. 돈으로 벼슬을 사야 하는 일선의 벼슬아치, 뇌물을 바쳐야 그다음을 보장받을 수 있는 벼슬아치는 다시금 백성을 가혹하게 수탈했습니다. 역시 백성의 안녕과 나라의 경제는 책임 있는 사람들에게서 잊힌 채였습니다.

진짜 대책은 이 엄중한 현실에 바탕한 진단에서 나와야 할 테지요. 그 처방은 권력의 핵심까지 겨냥한 발본적인 개혁을 실행할 때에만 효과가 있을 테지요. 그런데 문제가 생길 때마다 나오는 대책이라고는 임금과 벼슬아치의 수양을 강조한다거나, 성현과 중국의 어진 임금 말씀을 더 열심히 읽자거나 하는 맥 빠지는 소리가 거의 전부였습니다. 아까 용왕이 하늘에 빌어 처방을 받았다고 했는데요, 하늘에서 뚝 떨어진 처방을 받았다는 것은, 곧 지배 계급에게는 현실을 진단하고 그에 맞는 처방을 마련할 능력이 없다는 뜻 아니겠어요.

봉숭아학당 뺨치는 비상대책위원회

다시 작품으로 돌아가 봅시다. 하늘에서 처방전이 왔으니 토끼를 잡자고 회의가 열립니다. 한데 이 회의는 인기 있는 희극 '봉숭아학당'과 '비상대책위원회'를 반쯤 섞은 자리가 되고 맙니다. 용왕의 조정은 이렇게 이뤄져 있는데요.

> 좌승상 거북, 우승상 이어, 이부상서 노어, 호부상서 방어,
>
> 예부상서 문어, 병부상서 수어, 형부상서 준어, 공부상서

민어, 승지 도미, 한림학사 깔따구, 간의대부 모치, 백의재상 궐어, 금자광록 금치, 은청광록 은어, 대원수 고래, 대사마 곤어, 용양장군 이심, 호위장군 사어, 표기장군 벌떡게, 유격장군 새우, 합장군 조개, 언참군 메기, 주부 자라, 청주자사 청어, 서주자사 서대, 연주자사 연어, 주천태수 홍어, 청백리 자손 뱅어, 탐관오리 자손 오적어, 허리 긴 뱀장어, 수염 긴 대하, 구멍 없는 전복, 배부른 올챙이

— 본문에서

이들이 조정에 다 모여 벼슬의 품계에 따라 늘어서니 "속 뒤집히는 비린내"가 진동했다고 합니다. 비슷한 비린내를 풍기는, 비슷한 수준의 벼슬아치들이 모여 저희끼리 회의란 이름의 저급한 다툼질을 하는데 하나같이 실없는 소리일 뿐입니다.

공부상서[2] 민어는 고래를 사령관으로 삼고 병력 3천만 뭍에 파병하면 토끼 하나 쉬이 잡아 올 수 있다는 의견을 냅니다. 그러자 고래가 이렇게 발끈합니다.

"물나라와 육지가 다른데 물속에 있던 군사가 육지에서 어

떻게 싸우나. 저런 소견 가지고도 문관이랍시고 좋은 벼슬

해 먹고 조금만 위험한 일이 있으면 무관에게 미루다니!

배 속에 있는 게 부레풀뿐이어서 변통 없이 하는 말이 교

주고슬이다!"

─본문에서

민어 부레는 아교의 재료입니다. 여기다 교주고슬[3]이라는

말을 슬쩍 끼워 실무에 어두운 높은 벼슬아치와 손에 피를 묻

힐 상황 앞에서는 어떤 일도 제대로 해내지 못할 문신 벼슬아

치를 동시에 야유합니다.

뒤를 잇는 한림학사[4] 깔따구도 다시 봉숭아학당을 지어 냅

니다. 깔따구는 산군山君, 곧 호랑이한테 토끼를 내놓으라는 용

왕의 조서를 보내면 범이 토끼를 수궁에 보낼 거랍니다. '조서

---

2 공부상서 공부의 최고 벼슬아치. 공부는 동아시아 세계에서 건설과 공업 분야의 으뜸 행정 기구이
다. '상서'는 동아시아 세계에서 높은 벼슬아치의 상징처럼 쓰이는 벼슬 이름이다.

3 교주고슬 膠柱鼓瑟 현악기인 슬의 조율용 받침을 아교풀로 붙여 놓고 연주한다는 말. 곧 상황에 따
른 융통성이 전혀 없음을 이른다.

4 한림학사 조서 등 나라의 문서를 맡아보던 벼슬. 문관들이 명예롭게 여긴 벼슬이다.

詔書'는 쉽게 말해 왕이 내리는 포고 및 명령을 담은 문서입니다. 언제 산중을 호령하는 호랑이를 봤다고, 언제 이 물의 세계와 저 뭍의 세계의 힘을 가늠해 봤다고, 문서 한 장에 토끼가 용왕에게 인도된다고 믿는 걸까요. 또 누가 실제로 조서를 호랑이한테 전달하나요. 간의대부[5] 모치는 표기장군 벌떡게를 산속 호랑이에게 보내자고 합니다. 그러니 벌떡게가 "입에 게거품을 내면서" 문신 벼슬아치들을 성토합니다.

> "한림학사 깔따구는 이부상서 노어의 자식이고, 간의대부
> 모치는 병부상서 수어의 자식이다. 젖비린내 나는 것들이
> 제집 세력으로 점잖고 높은 벼슬을 하며, 업무는 모르고서
> 방 안에서 저런 장담을 하나? 물속 나라와 육지가 다른데
> 용왕의 조서를 산군이 듣겠소? 저들한테 조서를 쓰고, 저
> 들한테 가라고 하시오!"
>
> ―본문에서

---

5 간의대부 임금에게 간언하는 임무를 맡은 벼슬.

농어 새끼가 깔따구, 숭어 새끼가 모치예요. 사태와 일을 전혀 파악하지 못하고 하나 마나 한 소리를 늘어놓는 벼슬아치들이 하필 높은 아버지, 좋은 집안 덕분에 벼슬하는 깔따구며 모치 따위군요. 이만큼 말이 나온 뒤에도 토끼 잡는 데 조개·메기·도미를 보내자는 의논이 이어집니다만, 사람들이 잘 먹는 이 수산물이 인간 세상으로 갔다가는 금방 사람에게 잡아먹히지 않겠어요. 현실에 눈감은 진단, 허무한 처방, 이런 진단과 처방에 허우적거리는 오랜 정치상의 무능력과 지배 계급끼리의 소모적인 다툼은 조선 후기 조정과 정치를 빼다박았습니다.

궁녀는 달려가 토끼에게 입을 맞추고

이후의 이야기는 널리 알려진 대로입니다. 아무것도 할 수 없는 비상대책회의를 질질 끈 끝에야, 별주부[6] 자라가 공을 세

---

6 별주부 '별鼈'은 자라를 뜻하는 한자이고, '주부主簿'는 실무에 종사하는 하급 관리이다.

워 보겠다고 뭍에 올라 토끼를 수궁으로 데려오지요. 별주부는 수궁으로 들어가기만 하면 높은 벼슬과 편안한 생활이 기다리고 있다는 말로 토끼를 꾀었고요, 토끼는 이 감언이설에 넘어간 것입니다.

그러고는 한 번의 고비가 더 있습니다. 토끼는 토끼대로 사태를 파악하고, 죽을 자리에서 온 꾀를 다 내 용왕과 대신들을 속이지요. 토끼는 본래 영물이라 간이 들락날락하는데 마침 간을 두고 왔다는 거짓말을 천연덕스럽게 늘어놓습니다. 어리석은 용왕과 대신들은 바로 속아 넘어가 토끼를 뭍으로 보내기로 하고 성대한 송별연까지 엽니다. 토끼는 용왕이 열어 준 송별연에서 좋은 술을 잔뜩 마시고 취해서 외치죠.

"나는 이토록 용한 간을 가진 영물이다. 나 같은 영물과 입을 맞추면 삼사백 년 그냥 산다!"

—본문에서

말을 마치자마자 수궁의 궁녀들이 우르르 달려와 서로 입을 맞추지 못해 난리가 납니다. 판본에 따라 다르지만 더한 일화도 있어요. 조정에서 토끼가 영물 대접을 받게 되자, 별주부는 아내를 꾀어 토끼와 간통하게 합니다. 그 뒤, 토끼와 별주부가 뭍으로 떠나고 예정을 넘겨 돌아오지 않자 별주부의 아내는 토끼가 그리워 상사병이 나 죽습니다. 조정에서는 별주부 아내가 별주부를 그리워하다 죽은 줄로 알고 열녀로 칭송하며 정문[7]을 세워 줍니다.

사치와 향락 속에 죽을 고비를 맞은 최고 권력자 용왕, 감언이설에 속을 정도로 현실 판단 능력이 떨어지는 토끼, 말도 안 되는 토끼의 거짓에 속는 무능한 용왕과 신하들, 체면이고 뭐고 궁중의 기강이고 뭐고 무병장수라면 일단 달려들고 보는 궁녀, 공을 한번 세워 보겠다고 가족까지 희생시켰건만 아무것도 이루지 못한 별주부, 한 꺼풀 벗기면 웃음거리일 뿐인 열녀와 정문……

요약하면 간단한 줄거리지만 『토끼전』의 주제는 결코 만만치 않습니다. 토끼는 민중의 응원을 받을 만한 약자이지만, 다

---

7 정문 旌門 충신·효자·열녀를 기리기 위해 표창받은 사람의 집 앞에 세우는 문.

른 한편으로 제 분수를 잊고 망상에 사로잡혀 신세를 망치기도 하는 보통 사람들의 약점을 드러내는 인물입니다. 잘 먹고 잘살 수 있다는 꼬드김에 덜컥 넘어가는 보통 사람들의 삶과 마음을 아프게 풍자합니다.

한편 용왕과 신하들의 무능과 어리석음은 어처구니가 없을 지경입니다. 앞서 본 회의 장면은 그대로 오늘날의 '금수저', '흙수저'라든지 '복지부동'이라든지 '너나 잘하세요' 같은 말이 드러내는 세태에 잇닿아 있습니다. 용왕은 물나라 회의의 주재자이고 결재권자이지요. 그 조정이 한심하다면, 용왕이 제일 한심한 존재일 테지요.

기왕의 제도와 질서 안에서 출세를 하겠다는 하급 벼슬아치의 발버둥도 눈물겹습니다. 출세하자면 한심한 조정, 한심한 최고 권력자로부터 인정받아야지요. 별주부는 자신의 목숨을 걸고 뭍에 올랐습니다. 그러나 공을 세울 길은 멀기만 하고 판본에 따라서는 아내까지 잃습니다. 이렇게 얽히고설킨 이야기의 결말은 어떻게 될까요?

이야기꾼의 갈림길

　토끼가 뭍으로 돌아간 이후, 그 대단원도 판본에 따라 다릅니다. 뭍에 오른 토끼가 별주부에게 갖은 욕을 퍼붓고 달아나는데 별주부가 망연자실 서 있는 것으로 마치는 판본도 있고, 절망에 빠진 별주부에게 전설 속의 신이한 의사 화타가 나타나 용왕을 살릴 약을 내려 준다는 판본도 있습니다. 또는 토끼가 별주부에게 제 똥을 약이라고 내미는 판본도 있습니다. 아하하, 이 판본 속의 용왕은 토끼 똥을 먹겠군요.

　하나는 내 꾀에 내가 넘어가기도 하면서 아등바등 살아가는 보통 사람들이, 감언이설로 나를 속이려 든 사람들과 거기 속아 넘어간 어리석은 자신까지 싸잡아 후련하게 화를 낸 경우일 테지요. 다른 하나는 토끼에 대한 보통 사람의 응원이, 모든 것을 잃은 별주부한테까지 옮아간 경우겠지요. 또 다른 하나는 지엄한 권력자의 입속에 상상으로나마 똥을 처넣고 싶은 백성의 울분을 실은 경우겠지요. 여러분은 토끼가 도로 뭍으로 간 이후의 이야기를 어떻게 마무리하고 싶은가요?

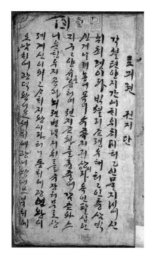

▲ 「토끼전」 ▶ 「토생전」

    오늘날의 소설은 작가가 분명합니다. 작가가 탈고함으로써 소설 한 편이 완결됩니다. 몇 가지 다른 결말이 태어날 여지가 전혀 없습니다. 그런데 옛 소설의 작가는 특정한 한 사람만이 아닙니다. 처음 그 이야기를 구상하고, 문자로 적고, 책의 형태로 만들어 유통시키고, 아예 판소리 형식으로 그 정체까지 바꾸고, 읽어 주거나 듣거나 눈으로 읽거나 무대를 통해 보면서 즐긴 모든 사람이 조금씩 작품에 이바지합니다. 이본異本의 존

▶「퇴별가」

재는 지극히 당연하며, 그에 따라 결말마저도 여러 갈래가 될수 있습니다.

연구자들에 따르면 오늘날까지 전하는 『토끼전』의 이본은 소설과 판소리 대본부터 필사본·목판본·활자본을 망라해 120여 가지가 된다고 합니다. 판본이 가지가지인 만큼 제목 또한 가지가지입니다. 토끼의 행동과 말에 보다 집중한 사람한테는 "토끼전" 또는 "토생전" 또는 "토생원전"이고, 별주부

▲ 『토의간』. "별주부가"를 부기해 놓은 판본.

▶ 1940년에 출간된 『토별가』. 『토끼전』 이본은 조선 말기부터 해방 전까지도 꾸준히 출간되었다.

에게 보다 집중한 사람에게는 "별주부전"입니다. 둘을 함께 일
컬어야겠다는 생각을 한 사람은 토끼와 별주부를 나란히 세워
"토별가" 또는 "별토가" 또는 "별토문답"이라고 했습니다. 상
상의 공간을 앞세운 제목으로는 "수궁가", "수궁용왕전" 등이
있습니다. 약을 둘러싼 소동을 앞세운 제목으로는 "토의 간토끼

의 간", "불로초" 등이 있습니다. 대단원에서 제목까지, 이 작품은 읽는 이의 상상력에 이런저런 갈래를 내고 있습니다. 부디 독자 여러분이 여러 갈래로 난 상상의 방향을 충분히 즐기며 읽어 내려가길 바라는 마음입니다.

끝으로 참고한 판본을 밝힙니다. 저는 이야기 전개의 속도가 빠른 신재효의 판소리 대본 〈토별가〉, 그리고 인물 표현과 장면 간의 연결이 재미난 김연수 명창의 판소리 대본 〈수궁가〉 두 가지를 이 작업의 바탕으로 삼았습니다. 세부에는 다른 여러 소설 및 판소리 대본의 이본을 두루 반영했습니다. 한문과 고사를 풀고, 주석과 해설을 덧붙일 때에는 그동안 고전소설과 『토끼전』을 연구해 온 이 분야 연구자들의 성과를 참조했습니다.

이 자리를 빌려 관련 작품과 자료를 정리하고, 해석하고, 탐구하는 데 힘쓴 모든 분께 마음 깊은 데서 비롯한 경의를 표합니다.

차례 | 여는 글 4

【 오늘의 한국어로 다듬은 토끼전 】

오늘의
한국어로
다듬은
토끼전

놀꼬 놀꼬
또 놀더니만

봄날 벗꽃
여름 수풀
가을 국화
겨울 매화 놔두고
내가 죽어요?

옛날 남해 용왕 광리왕이 물속 세상 수궁에 새로 영덕전이라는 건물을 지으며 기공식 잔치를 베풀었다. 동해 광연왕, 서해 광덕왕, 북해 광택왕을 모두 남해 수궁으로 불러 판을 벌이는데 네 바다 용왕에다 거기 딸린 신하와 따로 초청한 손님까지 한자리에 모이니, 음악이며 춤이며 볼거리가 대단하고, 좋은 먹을거리가 산을 이루었다. 먹는 자리에 마실 거리가 빠지겠나. 네 바다 용왕이 모인 김에 미인의 시중을 받으며 서로 음식이야 술이야 싫도록 먹고 마시며 이삼 일이 지나도록 실컷 놀더니 잔치를 마친 뒤에 남해 용왕 광리왕은 앓아눕게 되었다.

물나라는 발칵 뒤집혔다. 어의는 말할 것도 없고 온 벼슬아치와 온 물속 족속이 용왕의 병을 고쳐 보겠다고 약이 될 만한 것은 죄다 들고 용왕에게 달려갔다. 술병인가 싶어 깨끗한 물을 먹이고, 빼빼 마르며 기력이 빠지니 풍천장어를 바치고, 비

위를 붙잡자고 붕어를 올렸으나 그 어떤 약도 효험은 없고 병세만 점점 나빠졌다. 앓던 용왕은 홀로 누운 자리를 탕탕 치며 탄식했다.

"물 위로 사나운 바람이 없는 좋은 시절, 바다의 파도마저 잠잠한 태평한 때에 용왕의 몸으로 고약한 병을 얻었구나. 이렇게 홀로 누운 나를 누가 살릴꼬. 의술의 시조 신농씨, 전설 속의 명의 화타나 편작을 만난다면 모를까, 이제는 하릴없구나, 어느 누가 나를 살릴꼬!"

용왕의 신음과 울음소리가 며칠이나 물속에 진동했다. 용궁의 온 벼슬아치들은 그저 허둥지둥했다.

"어쩌나?"

"어쩐담!"

"좋은 수 있나?"

"별수가 있나!"

"빌어야지?"

"빌어야지!"

벼슬아치들이 급히 하늘에 용왕의 병을 아뢰고 얼마 지나지 않아, 오색구름이 용궁을 뒤덮었다. 이윽고 못 듣던 음악이 들

리고 못 맡던 향내가 일더니, 깨끗한 흰옷 차림에 손에 흰 새
깃 부채를 쥔 도사가 모습을 나타냈다. 도사는 거침없이 용왕
이 누운 데로 올라서 공손히 용왕에게 예를 표하고 단정히 앉
았다. 누가 보아도 하늘에서 온 하늘의 사자였다. 용왕이 깜짝
놀라며 말문을 열었다.

"누추한 제집에 하늘에서 내려온 분이 들러 주셨으니 감사
한 말씀을 이루 다 여쭈기 어렵습니다. 제가 병이 있어 일어나
지 못하므로 문에서 영접하지 못하였으니 용서해 주십시오."

도사가 대답했다.

"영웅호걸들과 강산을 돌며 노닐다 막 소식을 들었습니다.
왕께서 몸조리를 잘못하여 고생하신다면서요. 큰 재주는 없으
나 왕의 증세나 살피겠습니다."

도사는 두 소매를 걷고 손을 넌짓 들어 용왕의 온몸을 만졌
다. 그러고는 물러앉아 다시 용왕의 낯빛과 눈빛을 살피고 숨
소리를 듣더니 생각에 잠겼다 입을 열었다.

"술은 사람을 미치게 하는 독약입니다. 밤새운 놀이는 수명
을 줄이지요. 밤낮 없이 술과 놀이를 즐기다 스스로 이 지경에
이르렀으니 누구를 원망하고 누구를 탓하겠습니까? 지나간 젊

음도 돌아오지 않지만 망가진 건강도 돌아오지 않습니다. 지금 이 병은 정말 고치기 어렵습니다. 화타와 편작이 다시 와도 하릴없고, 불사약이 쌓였어도 별수가 없고, 인삼과 녹용을 쓴다 해도 안 됩니다. 남해 물속 나라가 불행하고 그 운수가 다한 듯합니다. 암만해도 어렵겠습니다.”

용왕은 정신이 나가는 듯했다.

“내가 죽어요? 봄날 벚꽃, 여름 수풀, 가을 국화, 겨울 매화 사이에서 더 노닐지 못하고, 아니 그보다, 저 예쁜 삼천 궁녀를 놔두고 내가 죽어요? 살려 주십쇼. 죽을 때 죽더라도 도사님으로부터 처방이나 하나 받아, 듣든 말든 마지막으로 약이나 써 봅시다. 약이나 써 보고 죽으면 여한은 없겠지요!”

도사가 보일락 말락 빙긋 웃으며 말을 이었다.

“그러면 처방을 하나 드리지요. 왕의 몸은 사람과는 다릅니다. 입속의 여의주로 조화를 부리시니 원래는 잠수도 얼마든지 하고, 마음먹으면 하늘에도 올라가고, 태산을 뽑을 힘과 바다를 뒤집을 힘을 쓰고, 호령을 했다 하면 벼락이 치는 듯하지요. 용왕의 몸은 용의 몸입니다. 용의 비늘이 단단하니 사람에게 쓰는 침이 어찌 들어가며, 불로 조리한 음식을 잡숫지 않으니 사람이 복용하는 탕약을 어찌 잡숫겠습니까. 병세를 자세히 보고 이치를 생각하니 천 년 된 토끼의 생간이 아니면 왕을 구할 길이 없습니다.”

용왕은 어리둥절했다.

“토끼의 간이요?”

도사가 말을 이었다.

“토끼는 새벽에 닭이 울면 바로 깨어 해의 기운을 받습니다. 달에 가 계수나무 그늘 아래서 절구에 약을 찧는 동안에는 달의 기운을 받습니다. 해와 달의 기운이 바로 간 사이에 깃듭니다. 토끼 간을 잡수시면 바로 병이 나을 테고, 토끼 간이 아니면 그 무엇도 효험이 없습니다.”

용왕은 막막하기만 했다.

“물 밖 육지는 여기서 아득히 멀리, 구만리 흰 구름 속을 뚫고 가야 있습니다. 토끼는 산이고 들이고 마구 쏘다니는 짐승이고요. 죽기는 쉬워도 토끼 잡기는 어렵습니다. 어쩌란 말입니까?”

도사의 낯빛이 변했다.

“숱한 왕의 신하 가운데 일을 맡길 만한 믿음직한 인물 하나

없단 말이오? 나는 바빠서 이만!"

　도사가 소매를 떨치는가 싶더니 눈 깜짝할 사이에 뒤도 돌아보지 않고 수궁을 벗어났다.

왜 하필 용왕일까?

『토끼전』은 한마디로 인간 사회를 동물 세계에 빗대어 꼬집은 이야기입니다. 풍자諷刺란 현실의 부정적 현상이나 모순을 다른 데 빗대어 신랄하게 드러내는 행위를 말합니다. 풍자는 한 사회와 역사에 군림해 그 사회와 역사를 지배하는 모순과 불합리를 폭로하는 행위입니다. 따라서 풍자에는 공격성이 깃들게 마련입니다. 그런데 그 공격이란 기발한 재치를 바탕으로 한 웃음과 함께입니다. 이 때문에 조롱·욕설·비꼬기·비웃음이 가득한 이야기를 지나면서도, 독자는 『토끼전』을 읽는 내내 '허허, 그것 참!' 하면서 웃게 되지요. 또한 『토끼전』은 동식물이며 상상 속 존재를 슬쩍 사람인 셈 치고 의인화한 등장인물의 말과 행동을 통해 사람의 말과 행동을 풍자

하고 교훈을 전달하는 우화寓話입니다. 여러분이 익히 접했을 '이솝 우화'를 떠올리면 단박에 이해가 되겠지요.

『이솝 우화』는 지금으로부터 약 2천6백 년 전 고대 그리스의 노예 출신 이야기꾼 아이소포스가 남긴 우화 모음입니다. 이솝은 아이소포스의 영어 이름입니다.

15세기에 처음 『이솝 우화』 영어판이 나왔습니다. 그러고는 유럽 여러 나라에서 인기를 얻더니 중국과 일본에도 16세기에 『이솝 우화』가 소개되었습니다. 동아시아에서는 이솝을 한자로 "이습伊拾", "의습意拾", "이색伊索", "이소보伊蘇普", "이승보伊僧保" 등으로 썼습니다. 아이소포스의 영어식 발음에서 온 표기이지요.

조선에서는 1896년에 나온 신식 초등 교과서에 『이솝 우화』 몇 편이 실렸고, 1908년 윤치호가 번안한 조선어판 『이솝 우화』, 『우순소리』가 출판되었습니다.

『이솝 우화』는 한 편 한 편이 모두 재미있고 간결하면서도 완결성이 있고, 웃음과 깨달음을 아울러 선사하기에 오늘날까지도 널리 읽히지요. 우

화의 형식과 수법, 우화의 짜임새를 이해하는 데 『이솝 우화』만 한 참고서도 없을 거예요.

　『이솝 우화』에도 토끼와 거북이 자주 등장합니다. 그리스 세계와 유럽 세계에서는 호랑이에 해당하는 사자도 자주 등장하고요. 그 형상과 은유와 속내 또한 『토끼전』 속 등장인물과 비교하며 읽어 볼 만합니다.

　풍자도 우화도 이를 주고받는 사람 사이에서 설득력이 있어야 합니다. 그 설득력은 다만 동식물이나 사물의 생물학적 특징이나, 생긴 모양만을 따온다고 절로 생기지 않습니다. 풍자랍시고 우화랍시고 내놓기를 "뭍에서 거북이는 느리고 토끼는 빠르다"가 다라면 그저 허탈할 뿐, 그 어떤 꼬집기도 교훈 전달도 불가능하겠지요. 제대로 풍자를 이루고 누구나 고개 끄덕일 만한 우화가 되려면 얼른 눈에 보이는 특징뿐 아니라 한 공동체 사람들이 공감하는 문화적 상징성까지 깃들어야 합니다. 이는 다시 그럴듯한 배경 위에서, 개연성 있는 이야기로 태어나야 합니다. 뒤집으면, 하필한 동식물이나 사물이, 하필 바로 그 줄거리와 배경 위에서 의인화되어 있는 속내를 좀 알아야 이야기를 보다 재밌게 즐길 수 있고, 나아가 깊이 공

감할 수 있다는 말이 되지요. 그럼 지금부터 『토끼전』 속으로, 좀 더 깊이 들어가 볼까요?

물의 지배자, 용왕

예로부터 우리나라 사람들은 물나라의 지배자는 용왕이라고 여겼습니다. 용왕의 거처는 바다 밑이고, 용왕이 있는 궁궐을 용궁 또는 수궁이라고 했습니다. 용왕의 형상은 '용'입니다. 중국의 옛 사전 『광아廣雅』를 보면, 용은 "머리는 낙타, 뿔은 사슴, 눈은 토끼, 귀는 소, 목덜미는 뱀, 배는 큰 조개, 비늘은 잉어, 발톱은 매, 발은 호랑이" 형상을 하고 있다지요. 용은 천하를 누비며 구름과 비바람을 몰고 다니는 영험한 존재입니다. 이 영험한 상상 속 존재가 옛 사람들의 생활 속에서는 용왕으로 나타난 것입니다.

용왕의 힘은 바다뿐 아니라 강, 시내, 여울, 연못, 늪, 폭포 아래로 난 소, 우물 등 모든 물의 영역에 미칩니다. 구름과 비바람의 지배자이니 용왕은 농업이 산업의 거의 전부였던 시절의 상징 세계에서는 이보다 더할 수 없는 절대적인 지배자입니다. 어업과 수운으로 먹고사는 사람에게는 풍어와

민화 속의 용왕. 바닷가, 강 하구에는 흔히 용왕을 모신 용왕당, 신당이 서 있었다. 용을 의인화
하면 용왕이고, 신격화하면 용신이다.

흉어, 그리고 뱃길 안전이 용왕에게 달렸으니 이보다 더 무서운 존재가 없습니다. 오늘날에도 용왕에게 풍어와 안전을 비는 용왕당이 바닷가 곳곳에 남아 있지요. 용왕에게 베푸는 굿도 이어지고 있고요.

토끼와 같은 약한 짐승이 보통 사람들이고, 자라와 같은 보잘것없는 파충류가 하급 벼슬아치라고 한다면, 용 또는 용왕은 어떤 존재를 나타낼까요? 충분히 짐작하시겠지요. 단, 바다는 하늘 아래지요. 용왕도 하늘의 주재자인 하늘님 또는 옥황상제보다는 아래입니다. 그러기에 하늘에 대고 살려 달라고 빌었지요. 하늘의 대리자인 도사가 용궁으로 오자 용왕이 누운 자리에서나마 예를 갖추었고요. 문득 조선 왕과 중국 황제와 중국 사신이 떠오르는군요. 『토끼전』 이본이 보다 복잡하게 갈라질 무렵, 조선이 망할 즈음의 조선과 일본 사이도 떠오르고요.

면면찬 상상, 끝없는 이야기

『토끼전』 이전에도 용궁을 무대로 한 문학 작품이 있었습니다. 대표적인 작품이 조선의 문인 김시습金時習, 1435~1493의 한문 소설 모음인 『금오

却醫巫而逝其将化之夕夢神人告於四隣曰松都
自念将死日以處置家事爲懷數月有疾料必不起
家某公将爲閻羅王者云

　　龍宮赴宴錄

松都有天磨山其山高揷而峭秀故曰天磨山中有
龍湫名曰瓢淵窄而深不知其幾丈溢而爲漲可百
餘丈景樂清羅遊館過客必於此而觀覽焉風韻其
靈載諸傳記國家歲時以牲牢祀之前朝有韓生者
少而能文著於朝廷以文士稱之嘗於所居室日晩
宴坐忽有青衫幞頭郎官二人從空而下俯伏於庭

曰瓢淵神龍奉邀生憿然變色曰神人路隔安能相
及且水府汗漫波浪相隔安可利往二人曰有駿足
在門願勿辭也遂鞠躬挽袂出門果有驄馬金鞍玉
勒盖蕭羅帕而有翼者也從者皆紅巾抹額而錦袴
者十餘人扶生上馬輜盖前導妓樂後随二人執物
從之其馬綠空而飛但見千煙雲森然不見地之
在下也項刻間已至於官門之外下馬而立守門者
皆常彭蜥鼇齡之甲戈戟森然眼眶可寸見生皆
俯頭交拜鋪床請憩似有預待二人趨入報老獺而
青童二人拱手引入生舒武而進仰視官門揭曰含

김시습의 『용궁부연록』. 『금오신화』에 실려 있다.

신화金鰲新話』에 실려 있는 「용궁부연록龍宮赴宴錄」입니다. '용궁부연록'은 '용궁 잔치에 간 이야기'라는 뜻입니다.

여기에는 『토끼전』과는 다르게 점잖고 멋진 용왕이 등장합니다. 용왕은 글재주 높은 선비 한생을 초청해 용왕의 딸이 결혼해 화촉을 밝힐 건물의 상량문을 받고, 그 답례로 멋진 잔치를 베풀어 줍니다.

이 소설의 무대는 개성 박연폭포입니다. 박연폭포의 용왕 이야기는 이미 고려 시대부터 있었습니다. 고려 역사를 담은 역사책 『고려사』에도 관련된 이야기가 있고, 이규보·이제현 같은 유명한 고려 문인들도 박연폭포의 물속 세상 또는 용왕을 시로 읊었습니다. 곧 「용궁부연록」 또한 역사와 문화의 고장인 개성의 전설과 민속, 그리고 거기 얽힌 문학적 상상력을 이어받은 작품이란 말이지요.

「용궁부연록」의 물속 생물 의인화 또한 『토끼전』과 겹치는 데가 있습니다. 용궁을 지키는 병사는 게와 자라입니다. 딱딱한 껍데기는 여기서나 저기서나 갑옷에 이어지는군요. 한생을 상대하는 물속 나라 문인은 '곽 개사'와 '현 선생'입니다. 곽 개사는 게, 현 선생은 거북을 의인화한 인물인데요,

김시습은 여러분이 수산 시장이나 생태 관련 영상에서 익히 보았을 만한 게와 거북의 특징을 글로 생생히 그렸습니다. 곽 개사의 움직임과 형상은 이제 여러분이 볼 『토끼전』 속 벌떡게의 움직임과 형상하고 맞아떨어집니다. 현 선생이 한생에게 설명한 거북 집안의 내력은 앞으로 여러분이 볼 『토끼전』 속 거북의 집안 자랑과 맞아떨어집니다.

오늘날까지도 널리 읽히는 옛 소설에 '아무거나', '되는대로'는 없습니다. 바다며 강이며 폭포에 용궁이 있고, 용왕이 거기 살면서 물과 자연을 다스리고, 사람과 직접 얽히기도 한다는 상상은, 이렇듯 『토끼전』이 태어나기 훨씬 이전부터 문학 작품 속에 담겨 면면히 이어지고 있었습니다.

티죽박죽 옥신각신
물속 회의

내가 용왕이냐
어물전 주인이냐

용왕은 정신이 번쩍 났다. "토끼 간" 한마디만이 귓가에 맴돌았다.

"모든 벼슬아치는 급히 들라!"

곧 수궁 뜰 동편에 문관이, 서편에 무관이 나누어 서고, 나누어 선 이들은 품계와 벼슬에 따라 다시 줄지어 섰다.

좌승상 거북, 우승상 이어잉어, 이부상서 노어농어, 호부상서 방어, 예부상서 문어, 병부상서 수어숭어, 형부상서 준어, 공부상서 민어, 승지 도미, 한림학사 깔따구, 간의대부 모치, 백의재상 궐어쏘가리, 금자광록 금치, 은청광록 은어, 대원수 고래, 대사마 곤어, 용양장군 이심, 호위장군 사어, 표기장군 벌떡게, 유격장군 새우, 합장군 조개, 언참군 메기, 주부 자라, 청주자사 청어, 서주자사 서대, 연주자사 연어, 주천태수 홍어, 청백리 자손 뱅어, 탐관오리 자손 오적어오징어, 허리 긴 뱀장어, 수염 긴

대하, 구멍 없는 전복, 배부른 올챙이 떼가 품계 차례대로 주르르 엎드렸다. 여기가 물속 나라라지만 이들이 나라가 임명한 벼슬아치임에는 틀림없으니, 들어오는 대로 조정에 그럴듯한 향내가 나야 할 텐데 향내는커녕 속 뒤집히는 비린내가 파시평[8]보다 더했다. 용왕은 속으로 혀를 끌끌 찼다.

'내가 용왕이냐, 어물전 주인이냐?'

용왕이 찌푸린 채로 입을 열었다.

"임금과 신하의 의리를 경들이 아는가?"

좌승상 거북이 대답했다.

"해, 산, 물, 돌, 구름, 소나무, 불로초, 학, 사슴에다 거북을 더하면 상서로움과 복을 드러내는 십장생十長生이 됩니다. 거북은 십장생에 드는 유일한 물속 나라 족속입니다. 그 영험은 역사에 길이 남아 있습니다. 아득한 옛날 이 세상의 정치 도덕의

---

8 파시평波市坪 파시波市는 고기가 한창 잡힐 때에 바다에서 열리는 어시장이다. 연평도·위도·흑산도의 조기 파시, 거문도·청산도의 고등어 파시, 추자도의 멸치 파시 등이 유명했다. 별다른 운송 수단이 없던 시절, 자원을 가장 많이, 빨리 운반할 수 있는 수단은 단연 배였다. 파시는 어장의 배를 통해 바로 거래하고, 바로 고기를 운송함으로써 시간과 비용을 절약한 파도 위의 어시장이었다. 파시평, 파시전, 파시풍 등으로도 불렸다.

원칙을 등껍데기에 그린 그림으로 나타낸 족속이 우리 거북입니다. 수많은 왕조를 거쳐 수많은 제왕의 스승 노릇을 한 족속도 우리 거북이니 임금과 신하의 의리를 제가 잘 압니다."

용왕과 거북의 문답이 다시 이어졌다.

"어찌하면 충신이 될까?"

"임금에게 좋은 것이면 제 목숨을 돌아보지 않아야 합니다."

"우리 수궁에도 그런 충신이 혹 있을까?"

우승상 이어가 아차 싶었다. 거북에 버금가는 높은 벼슬아치로서 거북과 함께 용왕 앞에 섰는데, 지금 집안 자랑, 유식함 자랑은 거북 혼자 다 하고 있지 않은가! 여기 끼지 못하고 한마디도 못 하고 있다니! 등에 식은땀이 굴러떨어질 지경이었다. 이어가 우선 껴들고 보자고 썩 나섰다.

"충신이란 평화로울 때에는 알 수 없습니다. 어지러운 바람이 불 때 꼿꼿하게 버티는 풀과 바람 따라 쓰러지는 풀이 구분됩니다. 세상이 혼탁할 때 충신을 알 수 있습니다. 나라 편안할 때야 온 벼슬아치가 죄다 충신이지만, 어지러운 일이 생기면 충신이 귀합니다."

용왕이 다시 말했다.

"내 병이 위중하다. 토끼 간을 못 먹으면 죽는 수밖에 없다. 누가 토끼를 잡아 올까?"

회의장은 조용했다. 벼슬아치들은 묵묵부답, 아무 말도 없이 서로 얼굴만 물끄러미 바라보고 서 있을 뿐이었다. 용왕은 기가 막혔다.

"역사 속에는 나라와 임금 위해 죽은 충신이 그리도 흔하더니만……. 에잇, 세상에 나가면 밥 반찬거리나 될 놈들! 에잇, 술안줏거리나 될 놈들!"

공부상서 민어가 간신히 입을 열었다.

"토끼라 하는 짐승의 얼굴은 모르오나, 에워싸고 잡으면 되지 않겠습니까. 훈련 잘된 병사 3천을 내고 대원수 고래를 작전 사령관으로 삼아 뭍으로 보내소서."

고래가 발끈해 뜰 서쪽 무반의 대열에서 튀어나왔다.

"물나라와 육지가 다른데 물속에 있던 군사가 육지에서 어떻게 싸우나. 저런 소견 가지고도 문관이랍시고 좋은 벼슬 해 먹고 조금만 위험한 일이 있으면 무관에게 미루다니! 배 속에 있는 게 부레풀뿐이어서 변통 없이 하는 말이 교주고슬이다!"

민어는 무색하여 아무 대꾸도 할 수 없었다. 그러자 한림학사 깔따구가 나섰다.

"토끼라 하는 것이 조그마한 짐승입니다. 남해 대왕의 위엄과 덕망으로 그까짓 것 구하기에 무슨 염려 있겠습니까? 토끼 몇 마리 바치라고 산군에게 조서를 당장 올리겠습니다."

용왕이 물었다.

"조서는 마련한다 하고, 누가 갖다 산군에게 줄꼬?"

간의대부 모치가 나섰다.

"표기장군 벌떡게의 껍데기가 갑옷처럼 굳세고, 열 발을 갖추어서 뭍에서도 나아가고 물러나고 다 잘할 수 있으니 벌떡게에게 조서를 주어 보내소서."

벌떡게가 분이 잔뜩 나서 미처 말은 못 하고 입에 게거품을 내면서 열 발을 엉금엉금 기어 나왔다.

"한림학사 깔따구는 이부상서 노어의 자식이고, 간의대부 모치는 병부상서 수어의 자식이다. 젖비린내 나는 것들이 제 집 세력으로 점잖고 높은 벼슬을 하며, 업무는 모르고서 방 안에서 저런 장담을 하나? 물속 나라와 육지가 다른데 용왕의 조서를 산군이 듣겠소? 저들한테 조서를 쓰고, 저들한테 가라고 하시오!"

용왕이 보자 하니 불쌍한 무반들이 문관에게 평생 눌려 살며 분을 참고 이를 갈며 속을 썩이다가 이제 분풀이를 하는 것이었다. 이제 큰 싸움이 날 판이었다. 용왕은 고개를 쓱 들고 백의재상 궐어를 돌아보았다.

"토끼의 간을 구하기에 한시가 급한데 문관과 무관이 이렇게 갈려 싸우다니! 문관이고 무관이고 간에 일 맡을 벼슬아치를 당장 궐어 선생이 추천해 주오."

백의재상은 다른 말로는 백의정승이라고도 하는데, 과거를 거치지 않고, 별다른 벼슬을 거치지 않고도, 오로지 유학 교양과 정치에 대한 식견이 대단하다는 명망만으로 최고 품계에 준하는 대우를 받는 인물을 이른다. 궐어는 평소 무릉도원에서 아무 하는 일 없이 흰 갈매기와 백로를 벗 삼아 놀며 점잖은 체하며 지냈다. 이제 용왕이 병이 위중해 나라가 위태롭기에 조정에 들어온 것이다.

"옛말에 '임금만큼 신하를 잘 아는 이가 없다' 했습니다. 수궁의 임금께서 정하옵소서. 먼저 점찍어 주시면 제가 되겠다 안 되겠다 여쭈겠나이다."

남의 재주와 마음을 짐작하기가 좀 어려운 노릇인가. 명망을 믿고 뽑아 나랏일의 자문역으로 모셔 온 백의재상이, 병든 용왕이 먼저 말 꺼내면 토는 달아 주겠다고 일을 미루는 판이었다. 용왕만 마음이 급했다.

"합장군 조개는 온몸이 투구와 갑옷이니 믿음직하지 않은가?"

"어부지리漁父之利의 고사를 못 들어 보셨습니까. 조개가 입 벌리자 황새가 조개를 쪼아 먹겠다고 부리를 넣었지요. 조개가 괘씸해 입을 탁 닫아 거꾸로 부리를 무니 조개도 황새도 옴짝달싹 못할 때, 지나가던 어부가 조개와 황새를 모두 잡아 갔다지요. 이번에도 어부지리나 지어 낼 테니 보내지 마옵소서."

"언참군 메기가 긴 수염이 점잖고 풍채가 좋고 믿음직한데?"

"메기는 아가리가 커서 먹는 것도 많으니, 민물에 이르러 먹이 찾아 여기저기 헤매다 어부 손에 걸리기 딱입니다."

"녹봉과 벼슬을 보장하면 충신도 나올 테지. 승지 도미가 벌써부터 상서 자리가 소원이라 하니 다녀오면 시키기로 하고 도미를 보낼까?"

"도미가 사람들이 좋아하는 도미탕, 도미찜의 재료인데 올려 보냈다가는 바로 죽지요."

"올챙이가 배가 부르도록 경륜을 품었으니 보낼까?"

"한두 달 안에 못 올 길입니다. 그때면 올챙이가 개구리 돼 있을 텐데, 개구리가 올챙이 적 일을 기억하겠습니까?"

용왕과 쿼어의 문답은 장황했지만 결정된 일 하나 없이 회의는 반나절을 지나가고 있었다.

어물전에서 본 조선 관직 체계

처방은 받았고, 그럼 이제 약 구할 방법을 찾아야겠고, 약 찾기를 실행할 인물도 있어야겠지요? 그러느라 온 벼슬아치가 모였는데, 모이고 보니 벼슬 이름이고 물고기 이름이고 낯설기만 합니다. 하나하나 풀어 봅시다. 먼저 벼슬부터 들여다볼까요.

먼저 좌승상, 우승상 할 때의 '승상'은 중국에서 황제를 보좌하는 벼슬로 조선의 좌의정, 우의정에 해당하는 영예로운 벼슬입니다. 조선 시대 사람들은 일상생활에서 중국의 용어와 조선의 용어를 뒤섞어 쓰곤 했지요. 앞으로 볼 상서니, 대사마니, 자사니 하는 벼슬 이름도 그런 경우고요.

다시 조선 시대 관직과 제도로 돌아가면, 조선 시대 최고의 행정 기관

이 의정부입니다. 의정부에는 모든 관리 가운데 으뜸가는 세 정승, 곧 영의정 · 좌의정 · 우의정이 있었습니다. 이들은 왕을 보좌하면서 큰 권력과 영예를 누렸습니다.

의정부 아래에는 육조가 있습니다. 육조는 이조 · 호조 · 예조 · 병조 · 형조 · 공조의 여섯 부서로 이루어져 있고, 그 부서의 으뜸 벼슬아치를 판서라고 합니다. 오늘날로 치면 장관에 해당하며, 판서는 곧 앞에 나온 상서와 맞잡이입니다. 판서 아래에는 참판이라는 벼슬이 있었습니다. 오늘날로 치면 차관이지요. 육조의 주요 업무는 다음과 같습니다.

이조 : 관리의 선발, 인사.　　　병조 : 국방 및 군사.

호조 : 세금, 재정.　　　　　　형조 : 법률 및 사법.

예조 : 외교, 교육, 과거.　　　공조 : 산업 및 국토 관리.

승지는 왕명을 출납하고, 왕의 비서 노릇을 하는 승정원 소속 벼슬아치입니다. 여러 승지 가운데 우두머리를 도승지라고 합니다.

한림학사는 중국 한림원에서 일하는 벼슬아치를 말합니다. 한림원은 학술과 문화예술을 맡은 기관인데, 조선으로 치면 집현전이나 규장각이 여기 해당합니다. 훈민정음을 누가 만들었지요? 조선 세종과 집현전 관원들이 만들었잖아요. "학술과 문화예술"이라는 말이 얼른 들어오지요?

간의대부는 임금에게 충고를 하고, 잘못된 정치에 바른말을 하는 벼슬입니다. 동아시아 많은 나라가 이 관직과 제도를 두었습니다. 우리나라에서는 고려 때 이 벼슬이 있었고, 조선 시대에 와서는 사헌부·사간원·홍문관 등 세 기구의 벼슬아치가 이와 같은 임무를 맡았습니다. 조선 시대의 사헌부·사간원·홍문관을 아울러 '삼사'라고 합니다.

백의재상은 과거를 거치지 않고도 곧바로 재상에 오른 이를 말합니다. 재상은 2품 이상의 고위 관리를 가리킵니다. 오로지 명망에 따라 정부가 초빙해 임금의 자문역이 되는 명예직입니다.

금자광록이니, 은청광록이니 하는 말은 금자광록대부, 은청광록대부를 생략해 부른 말입니다. 이는 벼슬의 품계에 붙인 칭호입니다. 권력보다는 명예의 표시이고요.

대원수, 대사마에 무슨 장군은 모두 국방 및 군사 관련 업무를 하는 벼슬입니다. 이때 합장군, 언참군은 일종의 말장난입니다. 한자로 조개를 뜻하는 말이 '합蛤'입니다. 한자로 메기를 뜻하는 말이 '언鰋'입니다. 주부 자라를 한자로 '별주부鼈主簿'라고 한 것과 같은 경우입니다. 참군은 조선 시대 훈련원 소속 7품 무관입니다. 주부는 관청의 문서를 관리하는 6품 문관입니다.

자사는 고대 중국의 지방 감찰관입니다. 청주, 서주, 연주는 각각 고대 중국의 지명입니다. 주천태수는 주천酒泉을 지키는 지방관입니다. 주천은 중국 한나라 때, 흉노를 물리친 장수 곽거병이 병졸들과 함께 술을 나누어 마셨다는 곳입니다. 대원수부터 태수에 이르는 말은 모두 무관직의 분위기와 동아시아 전쟁사를 환기하는 말이지요.

청백리淸白吏는 맑고 깨끗한 물처럼[淸] 세상의 더러움에 물들지 않은 [白] 관리[吏]를 말합니다. 청백리의 자손에게는 과거를 통하지 않고도 벼슬길에 오르는 혜택이 있었습니다. 오적어는…… 하하하, 이건 벼슬하고 아무 상관없습니다. 좀 지나가서 봅시다.

끝으로 하나만 더! 조정의 회의나 행사에서 늘어설 때, 문관은 동반이라고 해서 동쪽에 서고 무관은 서반이라고 해서 서쪽에 섭니다. 문관과 무관을 합쳐서 '양반'이 되지요.

이렇게 해서 수궁 조정의 높은 벼슬아치부터 하급 벼슬아치까지, 현역 관리에서 명예직까지, 문관에서 무관까지 모두 모였습니다. 이제 의인화되기 이전 모습을 찾아볼까요?

물속 생물 따라잡기

이어鯉魚는 곧 잉어입니다. 한반도·동아시아·유럽 사람 모두가 즐겨 먹어 온 민물고기이고, 그만큼 사람들에게 익숙한 민물고기입니다. 복과 출세를 상징하고요, 잉어를 잡고 보니 용왕의 아들이더라 하는 이야기도 있습니다. 우승상 할 만하네요. 참고로 잉엇과에 속하는 잉어의 사촌 붕어는 한자로는 '부어鮒魚'입니다.

노어鱸魚는 곧 농어입니다. 역시 맛난 생선으로 인기가 높지요. 농어 새끼를 깔따구라고 합니다.

19세기 조선 화가 김준근이 그린 잉어. 당시에는 니어, 리어, 이어, 잉어 등을 뒤섞어 썼다.

수어秀魚는 곧 숭어입니다. 전 세계 어디에나 살고, 전 세계 누구나 즐겨 먹지요. 숭어 새끼를 모치라고 합니다.

준어는 준치라는 이름으로 더 유명한 바닷물고기이지요. "썩어도 준치"라는 말이 있습니다. 본바탕이 좋은 것은 시간이 지나 낡고 헐어도 그 본래 성품을 잃지 않는다는 뜻입니다. 얼마나 익숙하고 친숙하고 맛좋은 생선이면 이런 속담이 다 생겼겠어요.

민어는 맛도 좋고, 어느 부위 하나 버릴 게 없는 생선으로 유명합니다. 『조선왕조실록 : 세종실록』에도, 16세기에 간행된 지리서인 『신증동국여지승람』에도 민어 어업 이야기가 등장할 정도로 오랫동안 수산자원 노릇을 해 온 바닷물고기이지요. 『자산어보』며 『난호어목지』 같은 조선 시대 수산 문헌에서도 한결같이 그 맛이 좋다고 했고, 어느 부위도 버릴 데가 없다고 했고, 민어의 부레를 아교의 재료로 손꼽았습니다.

도미의 인기도 하늘을 찌르지요. 지금은 잘 보이지 않지만 조선 시대 수산 문헌인 『우해이어보』를 보면 손질한 감성돔도미의 일종에 쌀밥, 소금, 누룩, 엿기름을 섞은 뒤에 잘 삭혀 감성돔식해를 만드는 방법이 나옵니다.

조선 민화 속의 쏘가리.

『우해이어보』를 쓴 김려는 "감성돔식해가 생선 식해 가운데서 으뜸"이라고 엄지손가락을 치켜들었지요. 예전에는 도미를 찜·탕·구이뿐 아니라 식해감으로도 썼군요.

깔따구, 모치는 설명했지요?

궐어鱖魚는 쏘가리입니다. 사람들은 쏘가리가 잘생기고 맛있다고 해서 민물고기의 으뜸으로 쳤습니다. 별명도 많은데요, 몸통 표면이 비단처럼 아름답다고 해서 '금린어', 그 살이 돼지고기처럼 맛나다고 해서 '수돈'이라고도 했습니다. 한편 '궐어'의 궐과, '궁궐宮闕'의 궐이 서로 발음이 같다고 해서, 쏘가리 그림이 과거 급제를 비는 뜻으로 유행하기도 했습니다.

금치는 어떤 물고기인지 확실하지 않습니다. 혹시 눈볼대인지도 모르겠습니다.

곤어鯤魚는 상상 속의 물고기입니다. 아득한 천하의 북쪽 바다에서 노니는데 그 크기가 몇 천 리가 되는지 알 수 없다고 합니다.

이심은 '이심이'라고도 하는데요, 깊은 연못에 깃들어 산다는 상상의 동

물입니다. 꼭두각시 놀음에서는 뱀도 용도 아닌 괴상한 형상을 하고 사람을 잡아먹는 괴수로 나오지요. 『토끼전』 회의 자리에는 실제 생물뿐 아니라, 상상의 생물까지 참석했군요.

사어는 곧 상어입니다. 한자로는 '사어鯊魚' 또는 '사어沙魚'입니다. 잉어, 붕어, 농어, 숭어, 상어 모두 오늘날의 표준어입니다. 그러나 20세기까지도 이들 물고기 이름에는, 사람과 지역과 문헌에 따라 '어' 앞에 이응이 있기도 없기도 했습니다. 발음도 표기도 다 들쑥날쑥이었습니다.

벌떡게는 민꽃게의 일종입니다. 벌떡 일어나는 움직임 때문에 붙은 이름이지요. 『자산어보』에서는 벌떡게를 '무해舞蟹'라고 했습니다. 곧 일어서는 모습이 춤추는 모양이라는 뜻이지요. 무해나 벌떡게나 뜻이 서로 통하지요? 게, 새우, 조개는 딱딱한 껍데기 덕분에 의인화만 됐다 하면 갑옷 입은 장수나 병졸을 도맡는군요.

끝으로 오적어烏賊魚! 바로 오징어입니다. '오烏'는 '까마귀'라는 뜻이고, '적賊'은 '해친다'는 뜻입니다. 『자산어보』는 오징어가 수면 가까이서 죽은 체하고 있다가 까마귀가 쪼려 내려오면 바로 발로 낚아채 잡아먹기에 그

이름을 '오적어'라고 한다는 옛 기록을 소개하고 있습니다. 아울러 까만 먹물 때문에 '오烏' 자 들어간 이름이 붙었다는 설도 소개했습니다. 까마귀는 검정을 뜻하기도 하니까요.

조선 시대 수산 문헌 셋

앞서 다양한 생물을 설명하면서 참고한 『우해이어보』, 『자산어보』, 『난호어목지』는 조선 후기에 나온 대표적인 수산 관련 문헌입니다.

『우해이어보牛海異魚譜』는 김려金鑢, 1766~1821가 1803년 유배지 진해에서 쓴 책입니다. 우해는 오늘날의 진해를 말합니다. 진해 지역에서 본 72종에 이르는 어패류의 명칭, 형태, 습성, 쓰임새 들을 두루 기록했습니다.

『자산어보兹山魚譜』는 정약전丁若銓, 1758~1816이 1814년 유배지 흑산도에서 쓴 책입니다. 자산은 오늘날의 흑산도를 말합니다. 흑산도 근해에서 조사한 226종에 이르는 생물의 이름과 분포, 형태, 습성, 쓰임새 들을 두루 기록했습니다. 어패류뿐만 아니라 해초, 바다에서 사는 새, 포유류, 상

牛海異魚譜

薄庭遺藁卷之八

牛海者鎭海之別名也余之竄于鎭巳二週歲矣蒋
虛島限門臨大海與鮹夫漁漢相爾汝鱗彙介族相
友愛就居主人家有小漁艇童子年纔十一二頗識
幾字每朝荷短筭篝持一釣竿令童于奉烟茶爐具
掉艇而出常柱米於㿽波鯛浪之間近或三五七里
逶或數十百里信宿而返四時皆然不以得魚爲念
只喜日閱其所不聞日見其所不見夫魚之詭奇譎
怪可驚可愕者不可彈數始知海之所包廣於陸之

薄庭藁　卷八　牛海異魚譜　四十九

所包而海蟲之多過於陸蟲也遂於暇日漫筆布寫
其形色性味之可記者並加採錄若夫鮸鯪鱠鱨鯊魴
鰌鰌鰤人所共知者與海馬海狗猪羊之與魚
族不干者及其細瑣鄙俚不可名狀且雖有力名而
無意義可䱱俅儷難曉者皆闕而不書書凡一卷玆
加歡爲名曰牛海異魚譜以爲他日若蒙　恩生遷
當與農夫樵叟談絕域風物於蘿畦藷田之暇聊一
晚暮一粲非敢有裨乎博雅之萬一云　癸亥季秋小
晦寒皋罍子書于㑲舍之雨篠軒。

交鱗魚

우해이어보

玆山魚譜

洌水　丁銓　著

玆山者黑山也余謫黑山黑山之名幽晦可怖家人
書牘輒稱玆山玆亦黑也玆山海中魚族極繁而知
名者鮮博物者所宜察也余乃博訪於島人意欲成
譜而人各異言莫可適從島中有張德順昌大者杜
門謝客篤好古書顧家貧少書手不釋卷而所見者
不能博然性恬靜精密凡草木鳥魚接於耳目者皆
細察而沈思得其性理故其言為可信余遂邀而館
之與之講究序次成編名之曰玆山魚譜旬及於海

자산어보

洌上　徐有榘準平　纂

魚名攷

江魚川澤魚　同見

鯉에 有十字文理故字从理鯉爲魚之長故孔鯉字
伯魚也古云鯉脊中鱗一道每鱗有小黑點大小
皆六十六鱗其說本自叚成式酉陽雜俎成式好
記異聞往往吊詭不可信蘇頌羅願則謂不在脊
在於脅然脅有左右安得云一道以今驗之母論
是脊是脅不盡然也其色有五故崔豹古今注云

난호어목지

〈어해도〉. 조선 민화가 묘사한 물속.

상 속의 생물을 망라했습니다. 정약전은 조선을 대표하는 학자 정약용의 형입니다.

『난호어목지蘭湖漁牧志』는 서유구徐有榘, 1764~1845가 1820년쯤 쓴 책입니다. 난호는 임진강 북쪽 끝 어디쯤으로 추정합니다. 어류를 중심으로 154종의 수산자원을 다루었습니다. 물고기 이름을 쓸 때에는 한글로 그 물고기의 조선어 이름을 함께 적기도 했고요. 그 내용은 나중에, 역시 서유구가 쓴 방대한 저서 『임원경제지林園經濟志』의 한 편인 「전어지佃漁志」에 편입됐습니다.

이 셋은 우리나라 수산자원 기록의 보고입니다. 최근 200년 사이 수산자원의 변화, 관련 산업, 민속과 음식문화의 변화를 이보다 잘 보여 주는 책도 없습니다. 또한 당시 사람들이 물에 얽힌 생물과 자연을 대한 태도, 거기 부여한 상징까지도 담고 있습니다. 『토끼전』이 나고 자란 당시의 사람들이 물속 세상과 물나라 생물에 대해 어떤 상상을 했을지를 헤아릴 때에도 이 셋은 정말 고마운 참고서입니다.

토끼 그림만
있다면

누가 오나 먼 데 보는 눈
뭐가 있나 쫑긋 세운 귀
무얼 찾나 킁킁대는 코

"수궁에 이렇게 인물이 없소! 내가 가겠소!"

말단 벼슬아치들이 선 저 뒷줄에서 어떤 벼슬아치가 엉금엉금 기어 나오며 호통을 쳤다.

"효도는 백행의 근원이요 임금께 지키는 의리는 나라 기강 가운데 으뜸이라! 스스로 지킬 의리이지 남이 가르쳐서 되오리까? 우리 조상은 여러 벼슬 아니하고, 좋은 벼슬 구하지 않고, 대대로 주부 벼슬을 맡아 왔습니다. 황하⁹의 물이 다하도록 임금을 모시며 기쁨과 슬픔을 같이할 작정을 하고 살고 있습니다. 임금께서 제 간을 잡수어서 나을 터이면 곧 빼어 올리겠으나, 토끼의 간이 좋다고 하니 온 힘을 다해 기어이 구하리다!"

---

9 황하 黃河 황허 강.

온 벼슬아치가 다 놀라 살펴보니 모두가 평소에 멸시하던 하급 벼슬아치 자라였다. 용왕이 자라를 보고 찌푸리며 물었다.

"토끼를 잡자면 몇 만 리 밖 인간 세상으로 가야 한다. 만 리 지나서 끝이 아니다. 네가 허다한 봉우리와 골짜기를 어떻게 지나갈 것이며, 어느 산에 토끼가 있는 줄 알고 찾아갈 것이며, 언제 봤다고 털가죽 뒤집어쓴 짐승 가운데서 토끼를 가려낼 것이며, 설령 토끼를 만난다 해도 어떻게 데려올 것이냐. 제갈량 같은 머리에, 천체의 움직임을 따라잡을 만큼 빠른 걸음에, 백 리 밖의 털끝을 볼 수 있는 밝은 눈에, 외교관 뺨치는 말솜씨에, 산 소의 뿔을 잡아 뽑을 만한 완력이 있어야 가능한 일이다. 네 생긴 모양을 보니 어디 되겠느냐? 자라탕이 되어 안주상에 올라가기 십상이다."

자라가 거침없이 대답했다.

"의리와 지혜와 꾀와 말솜씨는 가슴속에 들어 있으니 외모를 보아서는 알 수 없습니다. 생긴 것도 다시 보십시오. 사람의 발은 둘인데 제 발은 넷이고, 사람은 목을 감추지 못하는데 저는 목을 껍데기 안으로 숨길 수 있습니다. 뾰족한 대가리, 좁은 콧구멍, 못생긴 얼굴이지만 참혹하게 죽을 고비가 있더라도 반드시 토끼를 잡아 오겠습니다. 그저 토끼의 생김새만 자세히 그려 주옵소서!"

용왕은 감탄했다.

"믿음직하구나! 자라가 참된 신하로구나! 당장 화공을 불러 들여라!"

화공 인어가 들어오더니 오적어 붙들어다 먹물을 찍 짜고, 색색의 물감을 고이 개고, 비단을 쫙 펴 놓고, 좋은 붓을 빼 들었다. 그런데 아차! 막상 토끼를 그리려 하니 화공 인어도 토끼를 본 적이 없고, 수궁에는 토끼 그림이 없었다. 다행히 전복이 나섰다.

"내가 전생에 꿩이었다. 전생에 산속에 살 때, 꿩하고 토끼가 산에서 가장 만만한 짐승이란 말이지. 사냥꾼에게 쫓기고 매에게 쫓기며 함께 지냈으니, 허허허, 아직도 토끼의 모습이 눈앞에 아른거려. 내 말대로 그리게."

누가 오나 먼 데 보는 눈, 뭐가 있나 쫑긋 세운 귀, 무얼 찾나 킁킁대는 코, 밤과 도토리 주워 먹는 입, 사냥개로부터 달아나는 데 쓰는 다리, 사람 쓰는 붓감이 되곤 하던 털 따위를, 전복은 가르치고 화공은 그리기 시작했다.

두 귀 쫑끗, 두 눈 도리도리, 허리 짤록, 꼬리 짤막…… 화공이 설설 그려 내니 어느새 토끼 그림이 완성됐다. 이에 자라가 그림을 받아 목덜미에 쏙 집어넣고 품으니, 먼 길에 그림 상할 염려도 사라졌다.

토끼 그림까지 손에 넣은 자라가 용왕에게 나아가 침착하게 절을 올리자, 용왕이 전에 없이 자라를 '경卿'이라 대접하며 당부했다.

"경 같은 장한 신하는 만고에 둘도 없다. 토끼를 얼른 잡아 돌아와서 내 병을 낫게 하라. 그대 자손에게 땅을 내려 그 공로를 갚을 테니 부디 임무를 완수하고 조심해 다녀오라."

봉송아수궁 '비상대책어전회의'

자라가 간다! 이 결론을 내기 위해 참 멀리 굽이굽이 뺑 돌았습니다. 별별 벼슬을 맡은, 별별 생물이 줄줄이 나와 옥신각신 시끌벅적 다투었으나, 결론은 이 다툼의 결과가 아닙니다. 보잘것없는 벼슬아치 자라의 공명심이 이 상황을 정리하고 회의를 마무리했습니다.

판소리에서 '어전장면'이라 하여 공들여 연출하며 실제 무대에서 끝없이 객석의 웃음을 터뜨리는 이 대목은, 정치 풍자의 묘미를 잘 보여줍니다.

먼저 용왕을 살펴봅시다. 수궁 벼슬아치가 모여 피워 내느니 파시보다 더한 비린내를 두고 용왕 스스로도 "어물전"이라고 했습니다. 이 조정

의 최고 책임자, 주재자는 누구인가요? 조정이 어물전이라면, 용왕의 체모도 그야말로 어물전 주인에 지나지 않을 것입니다. 이 회의는 왜 열렸습니까? 용왕의 병 때문이지요. 병은 왜 났지요? 나랏일 돌보다 과로해서가 아닙니다. 새집 짓고, 술 퍼먹고, 밤새 놀다가 이리됐습니다. 이 회의 자리에서 조정을 어물전이라 하고, 자신이 임명한 벼슬아치를 반찬거리, 안줏거리로 매도하는 짓은 딱 누워서 침 뱉기입니다.

용왕의 짜증과 매도와 "묵묵부답, 아무 말도 없이 서로 얼굴만 물끄러미 바라보고 서 있을 뿐"인 벼슬아치들의 무능함과 무기력함, 의제를 벗어난 벼슬아치끼리의 싸움질은 서로 물고 물리며 수궁의 지리멸렬을 드러냅니다.

고대·중세 사회에는 '관존민비官尊民卑'라고 해서 관리는 높이고 민중은 천시하는 생각과 태도가 있었습니다. 높일 것도 없이, 봉건사회에서 관리는 민중을 내려다보고, 민중 위에 군림하는 존재였지요. 어전회의에서 나열된 벼슬은 그 이름만으로도 조선 후기 민중의 기를 죽일 만한 벼슬입니다. 그런데 이들의 대장인 용왕의 입과 저희끼리의 싸움질을 통해, 벼슬아

치들은 어물전의 반찬거리, 안줏거리로 굴러떨어집니다.

용왕은 쓰러져 가는 왕조의 형상을 담고 있고, 조정은 몰락하는 지배계급의 형상을 담고 있다고 할 수 있겠지요. 그렇다면 자라는 어떤가요. 자라는 그런 왕조 막판에서 출세해 보겠다고 발버둥치는 인물상이 아닐까요? 자라는 무너져 가는 왕조의 마지막 신하쯤이라고 할 수 있겠지요. 못생겼다고 무시당하면서도 아직 왕조에 대한 미련을 못 버린, 또한 한번 영예를 얻어 보겠다고 발버둥치는.

『토끼전』 어느 판본이고, '어전회의'에서 물속 벼슬아치가 늘어서는 대목은 되도록 더 길게, 더 장황하게 구성하려 합니다. 판본에 따라서는 아래와 같은 종도 벼슬아치로 나열됩니다.

도루묵, 방개, 광어, 악어, 송어, 병어, 성대, 낙지, 고등어, 가오리, 소라, 물개, 모래무지, 대구, 명태, 멸치, 갈치, 짱뚱어, 망둥이, 꺽지, 바지락, 송사리, 두꺼비, 개구리, 남생이, 가재……

벼슬 이름이 으리으리하고 휘황찬란하며 장황할수록, 그 벼슬에 붙은 벼슬아치가 어패류에서 파충류며 양서류에 이르기까지 다양할수록 회의

는 더욱 어수선해지고, 독자의 실소는 더욱 자주 터집니다. 벼슬을 하나하나 호명하는 동안, 독자는 파시보다 더한 비린내가 더해 감을 느낍니다. 이를 염두에 두고 읽으면, '어전회의'는 그저 길고 번거로운 대목이 아니라 실로 계산 분명한 풍자에 바탕한 극적인 대목임을 실감할 수 있습니다.

동아시아의 인어를 찾아서

재미난 형상을 마저 짚어야겠습니다. 화공으로 인어가 나섰지요? 안데르센 동화를 모태로 한 디즈니 만화영화와 할리우드 영화 속 '인어공주'가 오늘날 널리 퍼져 있는데요, 인어를 둘러싼 상상은 다만 디즈니 만화영화나 할리우드 영화의 전유물이 아닙니다.

인어는 사람[人]과 물고기[魚]의 형상이 섞인 존재입니다. 상반신은 사람과 같고 하반신은 물고기와 같으며 사는 곳은 바다라고 하지요. 인어를 둘러싼 상상력은 이미 기원전부터 고대 동아시아에 널리 퍼져 있었습니다.

그림은 18세기 일본의 백과사전인 『화한삼재도회和漢三才圖會』에 실린 인어의 모습입니다. 동아시아 사람들이 상상한 인어의 형상이 이렇습니

『화한삼재도회』 속에 나오는 인어.

다. 『자산어보』 또한 인어 항목을 두고 그에 얽힌 기이한 이야기를 두루 기록했습니다. 예를 들어 인어의 눈물이 진주가 된다거나, 인어가 제 눈물로 만든 진주를 사람의 비단으로 바꾼다는 이야기를 옛 문헌을 인용해 자세히 써 두었습니다.

토끼를 잡으러 갈 자라가 토끼를 본 적이 없습니다. 토끼를 잡으러 갈

때 토끼 그림 한 장은 가지고 가야지요. 토끼 그림 그리기는 손 아니면 감당할 수 없는 징밀한 작업입니다. 손 없는 생물에게 맡길 수 없지요. 『토끼전』은 기왕에 있던 상상의 세계에서, 손 있는 상상의 존재를 불러내 그림 그리기를 맡겼습니다. 과연 인어는 사람 화공이나 다름없이 멋지게 토끼 그림을 완성했고요.

물속 나라를 떠나
뭍으로

만 이랑이 진 푸른 바다 헤엄쳐
요리조리 조리요리 앙금당실

자라가 용왕을 하직하고 집으로 돌아오니 자라가 인간 세계에 간다는 말이 벌써 소문이 나 있었다. 자라네 온 집안에서 벌써 소식을 듣고 온갖 친인척이 다 모였다.

누구보다 자라의 어미가 걱정이 태산이었다.

"네 아버지가 식탐이 많아 낚싯밥을 날름 물었다가 젊어서 죽었지. 내가 남편도 없이 혼자, 설움에 설움을 겪으며 불면 날까 쥐면 꺼질까 너 하나 길러 냈다. 아침에 나가 늦게 오면 문에 기대어 기다리고, 저문 때 나가 아니 돌아오면 동구 밖으로 나가 보았지. 너 열다섯에 장가 들어 스물둘에 벼슬길에 나아갔으니, 남들이 다 나를 보고 복 있다고 이르더니만, 이제 네가 날 버리고 만 리 밖으로 간다고? 나를 죽여 묻고 갔으면 갔지, 날 살려 두고는 못 간다!"

자라가 제 어미를 위로했다.

"정성을 다해, 임금의 병환과 어머니의 마음 둘 다 편안하게 하겠습니다."

자라는 아내와 친척과도 이별의 말을 나누었다.

"어머니를 지성으로 모시고, 어린것들 멀리 가지 않게 잘 돌보시오. 사람들이 어린 자라 맛이 좋다고 건져다가 삶아 먹으니."

아차! 자라는 돌아서다 말고 다시 한 번 아내에게 간곡히 말했다.

"문단속 잘하오. 누가 왔다고 덜컥 문 열어 주지 말고! 특히 물개 조심하오. 이놈이 목 위만 보면 우리 족속 닮았다고, 목 집어넣었다가 잡아떼며 내 흉내를 내면 속는 수가 있소. 이놈이 흉악한 놈이니 정말 조심하오!"

"아저씨, 평안히 다녀오십시오."

"형님, 평안히 다녀오십시오."

"조카, 잘 다녀오시게."

"예, 다녀오겠습니다."

고둥·소라·우렁·달팽이 들과도 차례로 인사를 나누는데, 이들 모두 자라의 목과 같이, 그 목이 껍데기를 들락날락하는

데서 자라의 친척이었다.

이렇게 어머니, 아내, 친척들과 작별 인사를 나누고 자라는 길을 떠났다. 아침저녁으로 보던 물속 나라 풍경을 뒤로하고 만 이랑이 진 푸른 바다, 한없이 넓고 넓은 바다를 쉬지 않고 헤엄쳐서 드디어 뭍이 보였다. 자라가 앞발로는 푸른 파도를 딛고 뒷발로는 물결을 건디며 요리조리 조리요리 앙금당실 떠 목을 빼고 몸을 세웠다.

파도의 빛깔은 하늘과 똑같은데 아득한 저쪽으로 끝없이 육지가 이어져 있었다. 뭍에 오르니 구름 속에 천 개도 만 개도 넘을 것 같은 봉우리가 이어져 있는가 하면, 평평한 데에는 사람이 대대로 농사를 지어 온 밭두둑이 정연했다. 때는 마침 바람에 몸을 맡기고 일없이 산책하기 좋은 계절이었다. 아침볕 받으며 나는 새가 보이고, 좋은 바람 느끼며 우짖는 새의 지저귐이 들렸다.

점점 깊숙이 들어가니 물은 퐁퐁 깊고 산속은 빽빽 우거졌다. 꽃은 점점이 피었고, 진 꽃의 꽃잎은 개울 위에 동동 떴고, 소나무 의젓하고, 잡목은 늘어졌다. 떡갈나무, 오미자나무, 치자나무, 감나무, 대추나무, 칙, 머루, 다래, 으름 따위 나무와 풀

은 엉클어지고 뒤틀어져 굽이 칭칭 감겼다.

문득 돌아보니 해안으로는 배가 돌아드는데 흰 갈매기가 떨쳐 날고, 뭍으로 난 물줄기를 따라 해오라기, 원앙, 두루미가 노닐었다.

다시 눈을 돌리니 늙은 소나무는 바람을 못 이겨 우줄우줄 춤을 추는데 저 멀리 산이 아득하게 보이고, 기암은 층층이 올라가고, 이 골짜기 물 쭈르륵, 저 골짜기 물 콸콸하다가, 물 만나 합수한 데서는 여울지는 소리가 쾅쾅 울렸다.

풍경에 홀린 자라가 잠깐 정신을 놓고 있는데, 저 닮은 어떤 짐승이 온몸에 아침이슬을 흘리며 제 앞으로 지나가는 게 아닌가. 지나가던 짐승도 자라를 보고 얼른 인사를 부쳤다.

"어디서 오십니까?"

보면 볼수록 자라와 닮은 짐승이었다. 자라도 공손히 인사를 받자 이야기가 길어졌다.

"동으로 가나 서로 가나 정처 없는 나그네올시다. 그대는 누구시오?"

"나그네 생긴 모습이 나하고 비슷하오! 우리 집안은 원래 남해 수궁의 벼슬아치올시다. 대대로 벼슬하며 살았는데, 조부님이 곧고 강직하여 임금님께 바른 소리 하시다가 간신 놈들에게 모함을 받아 조정에서 쫓겨나 인간 세계로 유배를 오게 되었소. 이윽고는 온 식구가 뭍으로 올라와 산속 민물에 의지해 산 지 오래요. 남해에서 왔으니 이름에 '남'을 쓰지요. 나는 남생이요."

자라가 듣다가 "내 겨레붙이구나" 하고 한숨을 쉬었다.

"말씀 들으니 한집안이군요."

남생이는 눈물을 펄펄 흘렸다.

"본래 같은 뿌리에서 나왔는데 뭍과 물로 갈리어서 이제야 만났소. 반갑기 헤아릴 길 없지만, 어찌하여 수궁을 벗어나 산을 넘고 들을 건너 험한 길을 가십니까?"

자라는 동족에게도 있는 그대로 털어놓을 수는 없었다.

"예, 우리 수궁에 무슨 까닭인지, 해마다 물이 흐리고 나빠져 물속 나라 족속이 모두 없어질 지경이 되었습니다. 부득이 수궁을 옮겨 지어야 하는데 수궁에는 새 수궁 터를 가려 볼 풍수쟁이가 없어, 눈 밝다는 토끼를 찾아왔습니다. 얼른 토끼를 만나야 할 텐데 토끼가 어디 사는지, 어떻게 생겼는지도 잘 모르기에 마음만 급한 채로 여기저기 다닙니다."

남생이가 대답했다.

"산속에 일 있으면 털 난 족속이 모두 모입니다. 나는 몸에 털은 없으나, 네 발이 돋쳤다고 해서 늘 참여합니다. 요새 무슨 일 있는지 이번 달 보름에 일제히 모인다는 소식을 막 다람쥐로부터 받았습니다. 내 집에 가 계시다가 그날 함께 가서 털 난 족속 모임을 구경하면 토끼를 만날 수 있겠지요!"

'자라'야, 넌 누구니?

드디어 자라가 뭍에 올랐습니다. 그러고는 한겨레붙이 남생이를 만나 토끼를 찾을 실마리를 얻는군요.

자라와 남생이를 친척으로 한 설정은 생물학적으로도 근거가 있습니다. 자라·남생이·거북 세 동물 모두 파충강─거북목에 속하고, 거북목 아래 거북과·자랏과·남생잇과가 각각 한동아리입니다. 거북이 상대적으로 크고, 자라와 남생이는 작지요. 육상에 서식하는 거북을 빼면 거북은 바다에 삽니다. 자라와 남생이는 민물에 깃들지요.

거북은 장수하는 생물로 유명합니다. 민속에서는 상서로운 동물로 등장하고요. 거북은 해 산, 물, 돌(또는 달), 구름(또는 대나무), 소나무, 불로초,

고구려 후기 고분인 강서대묘 벽화 속의 현무. 동방은 청룡, 서방은 백호, 남방은 주작, 북방은 현무가 지킨다는 생각이 반영돼 있다.

학, 사슴과 더불어 십장생에 듭니다. 또한 용, 봉황, 기린, 거북을 합해 '사령'이라고 합니다. 사령이란 네 가지 상서로운 동물이라는 뜻입니다. 이 밖에 고구려 벽화에 등장하는 현무도 거북의 형상을 지녔습니다. 사람들은 현무가 이 세상 북쪽을 수호한다고 생각했습니다.

우리가 쉬이 확인할 수 있는 형상도 있습니다. 옛날에는 이 세상이 둥

근 하늘과 모난 땅으로 이루어졌다고 생각했는데요, 거북의 등껍데기는 둥근 하늘을, 배딱지는 모난 땅을 상징한다고 여겼습니다. 역사적 사건이나 위대한 인물을 영원히 기념하기 위해 세우는 비에 그 형상이 남아 있습니다. 천년만년 전할 사건과 인물의 기록을 담은 비의 받침대가 바로 거북 아닙니까. 거북 모양 비 받침대를 '귀부龜趺'라고 합니다.

거북은 문자 문화, 기록 문화와도 관계가 깊습니다. 아득한 옛날, 지금으로부터 3천 년도 더 전, 중국 사람들은 거북의 배딱지나 소뼈에 문자를 새겨 남겼습니다. 이것이 오늘날까지도 전해 내려오는 갑골문자입니다. 갑골문자는 한자의 기원이 됐지요.

자라가 지금 수궁에서는 비록 6품 주부, 낮은 벼슬을 살고 있지만 거북과 한 갈래라니, 자라의 어느 구석엔가는 거북의 영험이 깃들어 있어서, 먼먼 바다를 무사히 건너 뭍에도 가뿐히 오른 모양입니다. 그러나 자라가 거북은 아니지요. 호랑이와 고양이가 다르듯. 늑대와 개가 다르듯.

『토끼전』을 낳고 키운 수많은 이름 모를 작가들은, 실패한 심부름꾼으로 거북이 아니라 자라를 선택했습니다.

거북 배딱지에 새긴 갑골문자의 탁본. 옛사람들은 거북 배딱지와 네발짐승의 견갑골(주로 소의 견갑골)에 문자를 새겼다. 거북 배딱지를 복갑, 네발짐승의 견갑골을 수골(소의 견갑골은 우골) 이라고 한다. 여기서 따, 복갑과 수골에 새긴 문자를 갑골문자라고 한다.

먹지 않으면 먹히는
산속 회의

주홍빛 입을 쩍 벌리고
기둥 같은 앞다리를 세우고
얼룽덜룽 긴 꼬리를 휙 휘두르며

자라가 얼씨구나 하고 남생이네 집에 함께 가서 대접을 잘 받고 모임날이 돌아오자 회의가 열리는 산으로 찾아갔다. 그 자리에 털 좋은 친구들이 모두 모이는데 별별 짐승이 다 들어와 자리를 잡았다.

울부짖으면 골짜기에 바람이 일어나는 위엄 있는 산군 호랑이, 올바른 정치의 상징 기린, 부처님의 상징 코끼리, 큰 소리로 우는 사자, 털가죽 아름다운 표범, 배고프면 사람 사는 마을까지 내려가는 곰, 울음소리 구슬픈 원숭이, 점잖은 사슴, 사냥개 무서워하는 노루, 산에 호랑이 없으면 호랑이 행세하는 삵, 무덤 잘 파는 여우, 남의 집에 구멍 뚫고 살살 기는 쥐, 여기저기 잘도 다니는 다람쥐, 송곳니 좋은 고라니, 털 좋은 너구리, 기름 많은 멧돼지, 대가리가 감만 한 오소리, 값비싼 누런 털 뒤집어쓴 족제비, 먼 길을 어찌 갈꼬 엉금엉금 두꺼비, 털은 털이

되 깃털 달린 수많은 날짐승, 자라가 노리는 토끼 들이 꾸역꾸역 모이더니 서로 자리를 정한다고 또 한 번 소란스러웠다.

모두에게 존경받는 기린은 따로 자리를 만들어 앉고, 코끼리·사자·표범·곰이 그 밑에 앉은 다음, 산군 호랑이가 산의 주인 겸 회의의 의장 격으로 한가운데 자리를 잡았다. 그러고도 자리싸움이 났다. 노루가 먼저 나섰다.

"내가 이태백[10] 태어나던 해 났으니 이 자리의 연장자다."

너구리가 씩 웃으며 나섰다.

"내가 이태백 할애비와 동갑이다. 너 저리로 가라."

이번에는 멧돼지가 나섰다.

"나는 이태백 할애비의 할애비와 동갑이다. 네가 비켜라."

그러자 저마다가 이태백 할애비, 그 할애비, 그 할애비의 할애비를 찾으며 산속에 소동이 일어났다. 그때 호랑이가 주홍빛 입을 쩍 벌리고, 기둥 같은 앞다리를 세우고, 얼룽덜룽 긴 꼬리를 휙 휘두르며 나섰다.

---

10 이태백 당나라 시인.

"시끄럽다! 오늘 왜 모였느냐. 요즘 사람이 더욱 무서워져서, 우리 족속을 잡아먹자고 온갖 꾀를 다 내고 있다. 저것들이 나무까지 마구 베어 산속에서도 숨을 데가 없으니 불쌍한 우리 족속이 전멸할 판이다. 이런 어려운 때를 피할 방안이 혹 있을까 한자리에 모여 깊이 생각하여 각자 대책을 말해 보자고 이렇게 모였다. 자리싸움 그만하고, 저마다의 생각과 계책을 자세히 말하라."

너구리가 먼저 입을 뗐다.

"만물이 날 때, 워낙 사람은 짐승을 잡아먹도록 났습니다. 사람 손에 죽는 것은 조금도 서럽지 않지만 사냥개만은 용서할 수가 없습니다. 다른 개와 같이 도둑이나 지키면 주인 은혜 갚을 터인데, 냄새 잘 맡는 재주로 사람에게 아첨해 산속 골짜기, 절벽까지 파고들어 굴속까지 쫓아와 기어이 물어 갑니다. 사냥개라 하는 것은 우리와 같은 족속이면서 사람에게 얻어먹으며, 저는 사냥한 짐승의 피 한 모금 고기 한 점 먹지 않고 동족을 죽일 뿐입니다. 산군님! 앞으로 저 사냥개만을 골라 세상에 있는 대로 다 잡아다 잡수시면 우선 방비가 되겠지요."

호랑이가 한숨을 쉬었다.

"사냥개는 정말 나쁜 놈이다. 다 잡아다 먹으면 네 분도 풀고 내 배도 채우겠지만, 사냥개 뒤에는 일등 포수가 있다. 낮이면 포수가 사냥개 뒤에 있고, 밤이면 포수와 함께 자니, 잘못 건드렸다가 포수의 총에서 번쩍 불꽃이 튀는 순간 내 신세가 어찌 되겠는가?"

모임이 침울해지는데 여우가 은근히 호랑이 곁으로 다가왔다.

"말씀 길어질 텐데 다들 요기나 하고 또 이야기하지요. 다람쥐가 밤과 도토리를 많이 모아 두었으니 가져오라고 하옵소서."

산군이 그러자 하니, 다람쥐는 속에서 천불이 났다. 그러나 여우는 저보다 주먹이 세니 어쩔 수가 없었다. 그때 저보다 만만한 놈이 떠올랐다.

"쥐도 양식 많을 테니 가져오라 하옵소서."

이렇게 해서 쥐와 다람쥐는 모아 두었던 양식을 홀랑 털렸다. 쥐와 다람쥐 빼고 허겁지겁 열매며 씨앗을 먹고 있는데 호랑이가 한마디 했다.

"나는 열매도 씨앗도 못 먹는데, 무얼로 요기를 하나?"

여우가 다시 은근히 말했다.

"멧돼지 새끼 큰놈이 사람 시장에 나가면 열 냥 값이 나간다 합니다. 멧돼지 새끼 팔아 맛난 것 바꾸어 드시지요."

호랑이가 씩 웃으며 말했다.

"네 머리가 대단하다. 내 옆에 와 앉아라."

여우가 하하 웃고 팔짝팔짝 뛰어가 호랑이 옆에 붙어 앉았다. 멧돼지가 화가 나서 여우를 손보려 한들 여우는 임금 곁에 붙은 간신이었다. 제 분을 못 이긴 멧돼지는 땅바닥에 박힌 사금파리[11]를 입에 넣고 으득으득 씹을 뿐이었다. 여우는 혼자 의기양양했다.

'저희가 못나 남에게 볶이는걸. 나같이 세상 살면 아무 걱정 없지. 어디를 가도 제일 힘센 놈 비위만 맞추면 일평생 편히 살지. 남의 일에 거저 껴 놀고 살지.'

이때 호랑이도 함부로 할 수 없는 곰이 나섰다.

"오늘 우리가 우리 살 궁리를 함께하자고 모였다. 그런데 이

---

11 사금파리 사기 그릇의 깨진 조각.

게 뭐냐. 사냥개는 포수 무서워 없앨 수 없다 하고, 불쌍한 쥐와 다람쥐가 모은 살림만 다 털어먹었다. 이제 쥐와 다람쥐의 부모와 자식이 굶을 판이다. 멧돼지는 새끼까지 빼앗기고, 이 자리에 이렇게 앉아 있다가 여우 눈에 띈 놈이 다시 무슨 변을 당할지 모른다. 여우 놈의 웃음소리 뼈 저려 못 듣겠다. 그만 집어치우자."

호랑이가 무안해 모른 체하고 일어나니 그대로 모임이 끝났다. 여우는 호랑이 곁에 바짝 붙어 자리를 떠나며 다음에는 반드시 곰에게 화를 안기리라 별렀다.

산중호걸이라는 호랑님의 실체

　산속 뭍짐승, 날짐승이 모인 회의도 수궁의 어전회의만큼이나 엉망입니다. 왜 모였습니까. 사람 때문에 못살게 됐으니 대책을 세워 보자고 모였습니다. 그렇게 모여서도 '봉숭아학당'입니다.

　먼저 산군. 산속의 임금이란 뜻이지요. 우리나라 사람들은 물은 용이 지배하고, 산은 호랑이가 지배한다고 생각했습니다. 용을 의인화해서는 용왕, 호랑이를 의인화해서는 산군이라 불렀습니다. 그런데 용왕에게 대책이 없듯, 산군에게도 대책이 없습니다. 호랑이는 여우의 앞잡이질을 따라, 살아 보자고 모인 회의에서 작은 짐승의 양식을 털어먹습니다. 자신이 다스리는 세상의 원수나 다름없는 사람이란 종족에게 멧돼지 새끼마저 팔아

김홍도가 그린 호랑이(부분).

산신도 속의 호랑이. 호랑이는 산의 지배자, 산군으로 불렸다. 또는 산신령의 정령, 산신령의 대리자, 산신령의 심부름꾼으로도 한국 민속에 나타난다.

먹으려 듭니다. 오로지 맛난 것을 먹기 위해!

호랑이는 지금 남의 자식을 팔아먹을 만큼 큰 힘을 휘두르고 있습니다. 그러나 사냥꾼 무서워서 사냥개한테 어쩌지 못합니다. 잘났다는 수궁 벗어난 물속 벼슬아치들은 '반찬거리', '안줏거리'에 지나지 않고, 사냥개 만난 산군은 임금 체면이고 뭐고 여느 산짐승과 다름없이 달아나는 수밖에 없습니다. 수궁에서 한 번, 산속에서 또 한 번, 지배 계급의 무능은 이렇게 조롱과 풍자의 대상이 되고 있습니다.

우리나라 사람들은 사람과 가축을 해치는 맹수 호랑이를 두려워했습니다. 아울러 나쁜 기운을 쫓는 상징으로, 용맹함의 상징으로, 또 산을 지키는 산신령의 대리자이거나 산신령의 변신으로 여겼습니다. 그러나 여기서는 그런 상징성이 드러날 여지가 전혀 없습니다.

다람쥐의 분풀이가 가슴을 찌르는 이유

이 자리의 나이 다툼 또한 수궁 문관과 무관의 다툼만큼이나 허무합니다. 의제와는 아무 상관이 없는 공연한 싸움질입니다. 싸움의 내용을 들

여다봐도, 논리와 근거가 보이지 않습니다. 더구나 권력과 권력의 앞잡이에게 당한 다람쥐가 '이렇게 된 거 다 같이 망하자!', '너도 죽고 나도 죽자!' 식으로 해코지하는 장면은 읽는 이의 가슴을 찌릅니다. 제 분풀이를 저보다 약한 처지의 쥐에게 해 대는 다람쥐의 행동과 태도는, 오늘날 우리 사회에서 보이는 '묻지 마 범죄'를 떠오르게 합니다. 청소년 사이의 '왕따' 또한 완력이 약한 사람이 저보다 더 완력이 약한 사람에게 분풀이하며 번지지요.

권력에 맞서기는 고사하고, 보통 사람끼리 별일 아닌 일로 다투고, 부당한 일을 당한 사람이 저보다 약한 사람에게 분풀이를 하려 드는 모습까지 담은 고전소설 『토끼전』은 결코 '어린이를 위한 동화'가 아닙니다.

여우와 마름과 아전

호랑이와 여우, 사냥꾼과 사냥개도 눈여겨볼 만합니다. 옛 사회는 소수의 지주가 절대다수의 소작인 위에 군림하는 사회였습니다. 이때 지주를 대신해 소작을 관리하고 소작인을 상대하는 사람이 있는데요, 그 사람을

'마름'이라고 합니다. 지주는 지역의 큰 도회지나 서울에서 점잔을 빼고 삽니다. 마름은 소작인을 멋대로 바꾸기도 했고, 자신의 생활비를 소작인으로부터 빼앗아 쓰거나, 소작료를 중간에 가로채기도 했습니다.

한편 중앙정부는 지역에 수령을 내보냈지만, 실제 행정은 아전이 도맡았습니다. 수령 아래 이방·호방·예방·병방·형방·공방 같은 구실아치가 바로 아전입니다. 실무에 밝지 못한 양반 관리는 지역에서 대를 이어 구실아치의 직을 물려받은 아전의 손끝에서 놀아나기도 했습니다. 이들의 행동과 태도가 마름과 한가지입니다. 수령과 지역민 사이에서 세금이나 부역 관련해 직접 민중을 을러메는 일은 아전이 합니다. 세금, 군포, 환곡을 중간에서 가로채기 일쑤였고요. 정약용丁若鏞, 1762~1836은 아전의 폐해를 강력히 비판했습니다. 국가 제도를 논한 『경세유표經世遺表』를 보면 아전이 수령에게 "사슴을 가리키면서 말이라 하고 쥐를 일러서 옥돌이라 하여 6리를 600리라고 보고한다"고 쓸 정도였습니다.

『토끼전』이 나고 자랄 무렵의 보통 사람 절대다수는, 지주도 수령도 아니면서 지주나 수령의 앞잡이 노릇을 하는 마름과 아전의 등쌀에 피눈물

을 흘리는 경우가 많았습니다. 여우도 사냥개도 『토끼전』에 그냥 자리 잡
고 앉아 있는 것이 아닙니다.

풍자와 우화의 전통

풍자와 우화는 시간과 공간을 초월해, 인류사를 관통해 존재합니다.
그 면면한 전통을 되새길 때 조지 오웰George Orwell, 1903~1950이 남긴 풍
자 문학, 우화 소설 『동물농장』도 잊을 수 없습니다. 조지 오웰은 1943년
에 『동물농장』을 쓰기 시작해 1945년에 책을 펴냈습니다. 실제로 구상은
1937년부터 시작했다고 하고요.

소설 『동물농장』에는 돼지, 개, 당나귀, 닭, 소, 말, 갈가마귀, 양, 염소,
오리, 고양이 등 별별 동물이 다 나옵니다. 일은 죽어라 하지만 농장주에
게 제 새끼와 제가 낳은 알과 먹을 것을 모조리 빼앗기고 살던 농장 동물
들이 이렇게 살 수는 없다는 각성을 하더니, 힘을 합쳐 사람 농장주를 쫓
아내고 자신들의 "동물농장"을 세운 이야기와, 그 뒤의 이야기로 이루어
져 있지요.

1937년에서 1945년에 이르는 동안은 인류가 전체주의, 독재, 끔찍한 전쟁, 민주주의의 후퇴 들을 뼈아프게 겪은 시기입니다. 히틀러, 무솔리니, 프랑코, 스탈린 같은 정치인과 그 수하 들이 세계 질서를 좌지우지했고, 제2차 세계대전을 겪었습니다. 조지 오웰은 동물을 앞세워 전체주의, 독재 정치, 정치 지도자 우상화, 비밀경찰, 권력에 아부하는 언론과 예술, 여기에 끌려 다니는 대중을 풍자하는 한편, 이런 속에서도 양심과 지성을 잃지 않으려 노력하는 인물을 그리고 있습니다.

『토끼전』이 태어난 때는 아직 공화제 국가도, 의회민주주의도 태어나기 이전입니다. 그에 견주어 『동물농장』은 오늘날의 문화, 오늘날의 세계 질서, 오늘날의 정치 제도가 한참 자라던 시기의 산물입니다. 인류는 자신이 처한 형편 안에서 최선을 다해 내가 산 시대의 문화, 문학 유산을 남기고 전해 왔습니다.

토끼야
수궁 가자

가자 못 간다
갈까 말까
이 고비 저 고비

자라는 남생이와 같이 한구석에 엎드려 이 모양을 모두 지켜보았다. 그동안에 목덜미에 넣었던 그림을 꺼내 여러 짐승 가운데 누가 토끼인지도 확인했다. 자라는 여러 짐승이 뿔뿔이 흩어지는 뒤로 토끼에게 따라붙었다. 이윽고 푸른 산 돌길 으슥한 곳에 깃들자 토끼를 불렀다.

"이보게, 토 생원!"

토끼가 완력이 있는 것도 아니고 몸집도 작으니 온 산속에서 대접을 받아 본 적이 없었다. 쥐도 다람쥐도 여우도 그저 "토끼야, 토끼야" 어린애 부르듯 이름을 함부로 불러 댔다. 평생 그러고 사는데 천만뜻밖에 누가 생원이라고 존칭을 해 주니 토끼는 좋아서 아주 못 견디고 깡총깡총 뛰었다.

"게 누구요, 게 누구요, 날 찾는 게 누구요! 바둑 두기 좋아하는 깊은 산속 신선들이 바둑 한판 두자는가, 멋쟁이 문인들이

술 한잔 먹자는가. 자리싸움에 이름 올린 이태백이 찾아왔나!"

토끼가 요리 팔짝 조리 팔짝 깡총깡총 뛰어오니, 주부가 토끼 하는 양을 지켜보려고 긴 목을 오므리고 가만히 엎드렸다. 토끼는 덜컥 의심이 났다.

"이게 뭐야?"

토끼는 의심도 제가 내고, 대답도 제가 했다.

"산속에 깨진 솥 같은 것이 이렇게 엎어져 있나? 쇠똥인가? 애고, 아니다, 큰일 났다! 사냥 왔던 포수가 화약통 두고 똥 누러 갔나 보다. 도망가자!"

자라가 아차 했다. 그대로 두어서는 저 방정맞은 짐승이 깡총깡총 뛰어 사라질 테지! 한번 토끼를 놓치고 나면 이리저리 정처 없이 다니는 짓을 한없이 해야 할 것 아닌가. 자라가 또 한 번 크게 토끼를 불렀다.

"토 생원!"

"누가 나를 또 불러?"

토끼가 아장아장 도로 와 자라가 엎드린 데를 빤히 쳐다보았다. 아까 없던 목줄기가 흙담 틈에 나온 뱀처럼 슬그니 나와 있었다. 토끼가 의심에 겁이 나 가까이 못 가고, 저만큼 서서 눈치를 살폈다.

"이제 처음 보는 터에 나를 어찌 알고 무엇하러 불렀는가?"

자라가 점잖게 대꾸했다.

"'벗이 멀리서 찾아오니 또한 즐겁지 아니한가' 하는 『논어』
의 첫 구절, 공자님 말씀을 모르는가. 자네가 그렇게 무식한 줄
은 몰랐네. 찾아온 벗에게 가까이 아니 오고, 처음 본다고 무례
하게 구니 인사가 틀렸구먼."

토끼가 들어 보니, 생긴 것은 처음 보지만 말은 나눌 수 있을
것 같았다. 토끼는 살금살금 자라 옆으로 가 수작을 나누었다.

"누구요?"

"나는 수궁에서 주부 벼슬 하는 자라요."

"물속과 뭍이 서로 다르고, 또 서로 멀리 떨어져 아무 관계
가 없는데, 수궁 벼슬아치가 산속에는 무엇하러 왔소?"

"다니자고 하면 어디는 못 가겠소? 우리 용왕님 업무가 분주
한지라, 우리 임금을 보좌하는 인물을 구하기 위해 천하를 두
루 다니는 중이오. 오늘 산속 회의를 보고 있자니 토 생원이야
말로 단정한 선비입디다. 수궁에서 큰일 할 인물은 곰도 아니
고 표범도 아니고 토 생원이오. 내가 선생을 수궁으로 모셔 가

고자 뒤따라왔소. 나를 따라 수궁으로 갑시다."

토끼가 제 꼴에 비추어 너무나 감사한 말을 들었기에, 제 소견으로도 의심이 덜컥 났다.

"어찌 내 꼴에 곰보다 낫고, 표범보다 나아요?"

"곰의 몸이 비록 크나 미련하여 못씁니다. 표범이 비록 용맹하나 사나운 만큼 명이 짧아 못씁니다. 선생의 기상 보니 태평성대의 훌륭한 벼슬아치가 될 만하고, 어지러운 세상의 꾀 많은 영웅이 될 만하오. 눈이 커서 못 볼 게 없고, 귀가 커서 못 들을 게 없고, 몸이 작고 발이 빨라 산도 넘고 물도 건너 따라갈 이 없을 테지요. 보면 볼수록 모든 짐승 가운데 으뜸이니, 이제 우리 수궁 가면 재상과 장군의 영예를 얻을 것이오."

토끼가 들어 보니 기분이 좋기는 한데, 글을 배운 적이 없으니 걱정이 되었다.

"수궁 벼슬아치는 모두 글을 잘하겠지요?"

"있으면 내가 여기까지 왔을까?"

토끼가 다시 생각해 보니 몸이 치여도 곤란할 것 같았다.

"수궁에 키 큰 벼슬아치가 있소?"

자라가 토끼의 속내를 짐작하고 눙쳤다.

"수궁에서 내가 제일 크오. 선생이 들어가면 거인이 왔다고 놀라 자빠지지."

토끼는 수궁에 글 잘하고 풍채 좋은 벼슬아치가 없다고 하니, 자라 말대로라면 수궁에 한번 가 볼 만하다는 생각이 났다. 그래도 끝으로 한 번 자라를 떠보았다.

"따라가면 좋기는 좋을 테나, 산속의 즐거움과 물의 자연이 주는 흥거움을 잊을 수 없을 것 같소만?"

자라가 짐짓 받아 주었다.

"산속의 즐거움과 자연의 흥거움이 만일 그리 좋으면 나도 여기 살겠소. 수궁으로 뭐하러 다시 가요. 이야기 좀 들려주시오."

실없는 토끼가 제 처지에서는 턱없는 거짓말을 냉수 먹듯 하기 시작했다.

"봄이 오면 온갖 꽃이 만발하여 병풍을 두른 듯하고, 새소리와 나비가 추는 춤에 취하지요. 짙푸른 풀빛과 풀내가 꽃보다 좋은 초여름에 한가하게 산책을 다니고 더 더워지면 개울에서 멱을 감지요. 가을바람 일어나면 옥 같은 이슬이 서리가 되고 서리 맞은 나뭇잎이 봄꽃보다 더 붉어지는 풍경을 봅니다. 이윽고 모든 산에 새의 자취가 없어진 겨울을 나 혼자 멋에 겨워

설경을 즐깁니다. 이 편한 신세에 옳다 그르다 할 이도 없고, 이 즐거움을 빼앗을 이도 없습니다. 수궁이 좋다 해도 고향만 하겠소? 안 갈라오, 나 안 갈라오."

자라가 슬며시 부아가 났다. 저 보잘것없는 놈을 부추겼더니, 좁은 소견에 교만함 바로 자라 저렇게 우쭐우쭐 덤벙대다니! 토끼 녀석, 되게 한번 탁 질러서 기를 꺾어야겠다!

"토 생원, 말씀 다 하였소?"

"다 하였소."

"그만 불어 제끼시오. 산에서 부는 바람 바닷바람보다 훨씬 세니 귀가 시려 못 듣겠소. 물속 사는 이가 산속 일을 모를 줄 알고 이렇게 허풍을 치오? 당신의 가련한 신세를 낱낱이 다 이를 테니 들을 테요?"

"말씀하시오."

"산봉우리에 바람은 차고 골짜기에 눈 쌓여, 땅에는 풀이 없고 나무에는 과실 없는 철이 겨울이오. 겨울에는 어두침침한 바위틈에 고픈 배 틀어쥐고 쓸쓸히 앉아 있는 수밖에 없겠지요. 무슨 정신에 설경을 감상하겠소."

토끼는 부끄러움에 작은 몸이 더 졸아드는 것 같았다.

"이삼월에 눈 녹으면 별수 있소? 풀도 있고 꽃도 피면 주린 배를 채우려고 이 골 저 골 다니지만, 빈틈없이 둘러친 토끼그물이 가로막는데, 사냥개 앞세운 사냥꾼이 소리 지르고 쫓아오겠지요. 짧은 꽁지 샅에 끼고 코에 단내 풀풀 내면서 하늘땅도 분간 못 하고 도망갈 때, 어디서 왔는지 하늘 높이 매가 떴다가 앞을 막은 적이 한두 번이오?"

자라는 잘도 주워섬겼다.

"여름 되면 당신 신세 어떻고! 날 덥고 수풀 깊은 데 진드기와 왕개미가 온몸을 파고들고, 벌레를 잡자 해도 손이 없고 휘두를 꽁지는 짧기만 한데, 못살겠다고 산 밑으로 내려오면 나무하던 아이며 김매던 농부가 작대기 들고 쫓아오지요?"

토끼는 저도 모르게 고개를 떨구었다.

"가을 되면 벌레는 물러가고 열매가 흐드러져 일 년 중에 제일이라는데, 그때면 사냥개·사냥꾼·매도 더욱 신이 나는 때요. 봉우리마다 매가 앉아 있고, 길목마다 사냥개와 사냥꾼이 지키고 있으니 날아서 달아나나 뛰다가 숨나. 단풍 구경? 말도 안 되는 소리 마시오. 우리 수궁 같았으면 태평스럽게 즐거움을 누릴 수 있기에 같이 가자고 했는데, 저 싫으면 그만이지. 나도 바쁘오. 이만 가오."

자라가 휙 돌아서자 토끼가 따라갔다.

"이봐요, 별주부, 자라 선생! 무슨 성질이 그리 급해!"

자라가 모른 체했다.

"내 할 말은 다 하였소. 불러도 쓸데없소. 안녕히 계시오. 산속의 즐거움을 누리고 천년만년 잘 사시오."

자라가 그 짧은 다리로 앙금앙금 뿌리치고 가는데, 토끼가 따라가며 말을 붙였다.

"수궁에 들어가면 총질은 없을까요?"

"물속에서 총을 쏴요?"

"외국에서 왔다고 천대하면 서러울 텐데?"

"어찌 그리 무식하오. 초청받아 등용된 인물이 천대받은 적 있소?"

토끼는 마음이 급했다.

"갈게요, 나 수궁 갈게요, 그저 산속 친구들한테 작별 인사나 건네고 바로 떠납시다."

자라가 일을 몰아치느라 틈을 주지 않았다.

"큰일을 할 때에는 많은 사람들과 함께하지 않소이다. 저마다 소견 다 다르니 '위험한 곳이니 가지 마라' 말릴 이도 있을 테요, '나도 데려가 다오' 하는 이도 있을 테니, 이러다가 언제 떠나겠소."

"아내에게 떠난다고 하고나 갑시다."

"수궁에서 높은 벼슬아치 되어 으리으리한 가마 보내 마누라 모셔 가면 오죽 좋을까?"

둘의 수작이 이리저리 물고 물리며 발걸음이 점점 바닷가로 가까워지는데, 방정맞은 여우가 산모롱이를 썩 나서며 앞을 막았다.

"이야, 토끼야 너 어디 가니?"

"벼슬하러 수궁 간다."

"야, 가지 마라."

"왜 가지 말래?"

"물은 배를 띄우기도 하고 배를 엎기도 하는 위태로운 존재란다. 아침에 임금의 은혜를 받다가도 저녁에 죽임을 당하는 게 벼슬이니 벼슬도 위태롭지. 물도 벼슬도 위태롭기만 한데, 뭍과 전혀 다른 데로 벼슬 얻으러 갔다가, 못되면 굶어 죽고 잘 되어 봐야 비명횡사한다."

토끼가 다시 의심증이 샘솟았다.

"아, 가도 될까? 여우의 충고가 참으로 그럴듯한데."

자라가 보고 있자니, 다 되어 가는 일을 몹쓸 여우 놈의 훼방으로 망칠 판이었다. 자라가 토끼와 여우 사이를 탁 끊고 들어왔다.

"좋은 친구 두었소. 둘이 가서 잘 사시오. 제 복이 아닌걸. 남이 권해야 쓸데없지."

자라의 말끝에 찬바람이 돌았다. 자라는 뒤도 돌아보지 않고 토끼와 멀어졌다.

"복 없다니 웬 말이오?"

토끼가 다시 한 번 다급히 쫓아왔다. 자라가 순식간에 거짓말을 지어냈다.

"둘이 정다운 사이인데 내가 남의 말 하기가 당치 않지만, 물으니 대답할 수밖에. 내가 육지 나온 지가 여러 달에 여우가 찾아와서 자기를 수궁으로 데려가 달라고 합디다. 방정스런 그 모양과 간교한 그 심술을 내가 알아보고 거절했더니, 이제 그대를 데려간다는 말을 이놈이 어찌 알고 쫓아와서 훼방을 놓는가 보오. 그대가 내게서 떨어지면, 이제 여우가 따라오겠지."

단단히 속아 넘어간 토끼가 여우에게 욕을 퍼부었다.

"야 이놈아, 너는 일평생 사사건건 이런 식이지! 열 놈이 백 말 하더라도 나는 자라 따라 수궁 갈 거다!"

가자, 못 간다, 갈까, 말까, 이 고비 저 고비를 이처럼 겪고 또 겪고 자라와 토끼는 드디어 해변에 당도했다. 바다 저편으로 푸른 물은 끝이 없고, 수면과 하늘이 하나로 이어져 그 빛깔이 한가지로 푸르렀다. 토끼는 입이 딱 벌어졌다.

'토끼'야, 넌 누구니?

　토끼는 포유강 – 토끼목 – 토낏과에 속하는 동물입니다. 아시아·아프리카·아메리카·유럽 등 웬만한 데 다 살고요, 무려 2천3백 년쯤 전부터 가축이 됐을 만큼 사람과 가까운 동물입니다.

　토끼는 다른 동물을 공격할 만한 엄니도, 송곳니도, 발톱도, 독도 없고 몸집마저 네발짐승 가운데서도 아주 작은 축이라 먹이사슬의 맨 밑바닥에 자리합니다. 그렇다고 다른 짐승에게 늘 잡아먹혔다면 벌써 지구에서 사라졌겠지요. 토끼는 쫓기면 죽을 둥 살 둥 달아납니다. 순간적으로 뛰는 방향을 바꾸는 능력도 뛰어납니다. 토끼굴은 구멍이 여럿입니다. 최악의

신라 시대 호석에 새긴 토끼. 경주에 있는 김유신 묘는 열두 띠 동물을 새긴 호석을 두르고 있다. 이 그림은 그 호석 가운데 토끼 부분의 탁본이다.

 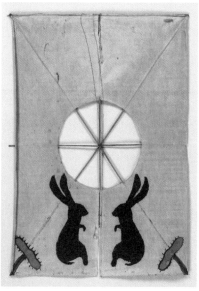

민화 속의 토끼 : 십장생의 하나인 소나무 아래 토끼가 앉아 있다.

방패연 : 토끼와 불로초가 나란히 등장하는 연.

경우를 대비해 굴의 입구, 출구를 팔 정도로 머리가 좋단 말이죠. 토끼를 일러 "출입구 여럿인 굴을 파고, 간교하고, 잘 뛴다"고 요약한 옛 책도 있습니다만, 사실 '간교함'이란 '영리함'이랑 동전의 앞뒤 같은 의미 아니겠어요.

먹이사슬의 밑바닥에 있는 만큼, 토끼는 번식 활동이 왕성합니다. 자손이라도 많이 남겨야 그 종족이 땅 위에 살아남겠죠. 한배에 많으면 열 마리까지도 낳고, 임신 기간은 30일에 지나지 않습니다.

먹이사슬 밑바닥의 약자다 - 그러나 날래다 - 꾀가 많고 영리하다 - 어떻게든 대를 이어 그 족속이 살아남는다. 이상 사람들이 오랜 세월을 두고 파악한 토끼의 형상은 『토끼전』 속에 그대로 옮겨 와 있습니다.

이제 문화적 상징성을 한번 볼까요. 토끼는 열두 띠 차례로 보면, 쥐 - 소 - 호랑이 - 토끼 - 용 - 뱀 - 말 - 양 - 원숭이 - 닭 - 개 - 돼지 순에서 네 번째에 듭니다. 음양 가운데는 음을 나타내고, 음의 가장 중요한 상징인 달과 잇닿아 있습니다.

토끼를 한자로 쓰면 '토兎'이고, 상징하는 글자로는 '묘卯'를 씁니다. 방

위는 똑바른 동쪽 방향을 상징하고, 시간은 오전 5시부터 오전 7시 사이를 나타냅니다. 곧 묘방이라고 하면 정동방, 묘시라고 하면 오전 5시~오전 7시입니다.

그렇다면 죽을 용왕 살릴 만한 영험함은요? 일단 왕성한 번식력 덕분에 사람들은 토끼에다 번창함을, 끝없이 대를 잇는 모습에다가는 장수를 갖다 붙였습니다. 그래서 토끼는 민화나 공예품에서는 십장생 가운데 하나인 소나무와 함께 등장하기도 하고, 불로초와 함께 등장하기도 합니다. 이쯤 되면 토끼 간을 용왕 살릴 약이라고 한 설정이 영 종작없는 것은 아닌 줄 알 만하지요?

게다가 달과 만나서는 그 신비감을 더합니다. 우리나라에서는 이미 삼국 시대부터 달에 토끼가 산다고 믿었습니다. 달 속에는 계수나무가 있고, 토끼는 그 아래서 먹으면 늙지도 죽지도 않는 영험한 약을 짓느라 절구질을 한다고 생각했지요. 이렇게 절구질하는 토끼는 특히 '옥토끼', 한자말로는 '옥토玉兎'라 했고요.

토끼무늬수막새 : 8세기 신라의 토끼 무늬 수막새. 먼 옛날부터 우리나라 사람들은 토끼를 달의 상징, 달의 정령으로 여겼다.

이와 비슷한 이야기는 우리나라뿐만 아니라 인도·중국·일본에도 널리 퍼져 있었습니다. 일일이 소개하면 번잡해질 테니, 수많은 상상력의 뿌리 가 됐을 만한 인도 불교 설화 하나를 소개합니다.

옛날 인도 어느 숲에 수달, 여우, 원숭이, 토끼 넷이 모여 사이좋게 살고 있었다. 넷은 낮에는 저마다 먹이를 찾아다녔는데, 토끼는 수행에 들어가는 어느 날, "오늘은 수행하는 날이니 어떤 먹이든 혼자 먹지 말고 남들과 나누어 먹어야 한다"고 친구들에게 말했다.

이윽고 수달은 강에서 물고기를 잡고, 여우는 사람들이 먹다 버린 고기와 치즈를 주웠고, 원숭이는 나무에서 망고를 땄다. 그러나 토끼가 구한 먹을거리는 풀뿐이었다. 토끼는 "만약 음식 구걸하는 사람이 있다면 내 몸을 바치겠다. 풀 먹을 사람은 없겠지만 토끼 고기 먹을 사람은 있을 테니까" 했다.

이때 불교의 수호신 제석천이 토끼가 하는 말이 과연 진심인지, 뱉은 말을 지키는지 시험하기 위해 거지로 변신해 수달, 여우, 원숭이, 토끼를 찾아갔다. 수달, 여우, 원숭이는 자신의 먹이를 기꺼이 거지에게 나누어 주었다. 토끼는 장작에 불을 지피더니만, 벌레를 떨어 버린다며 몸까지 부르르 떨고 나서 과연 불 속으로 뛰어들었다. 이를 본 제석천이 크게 감동하여 토끼를 달로 올려 보냈다.

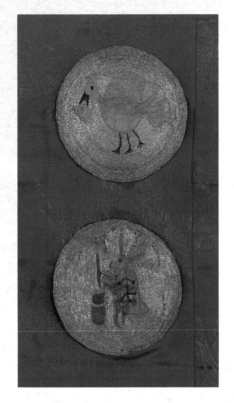

조선 후기 가사 장식 속의 옥토끼.

그 뒤로 토끼는 달의 정령, 달의 상징이 되었다고 합니다. 이 불교 설화는 스님들이 입는 옷의 일종인 가사에도 그 흔적을 남겼습니다. 스님들은 가사에 다는 달 장식품에는 옥토끼를, 해 장식에는 세 발 달린 까마귀를 수놓았습니다.

나중에 토끼가 달이 차고 이지러짐에 빗대어 자신의 간이 들락날락하는 이치를 설명하는 장면도 있는데요, 달과 이만큼 깊고 깊은 인연이 있으니, 뭐 말을 만들자면 영 못 만들 말도 아닌 듯합니다.

아무튼 『토끼전』을 처음 생각해 내고 이만큼 만든 사람들이 아무거나 가져다 붙이고, 되는대로 이야기를 만들지 않았음은 분명합니다. 이야기가 나고 자라려면 기댈 데가 있어야 합니다. 이야기는 물리적 실제, 오랫동안 많은 사람들이 공유한 상징, 문화적 상상력을 두루 얽어 기댈 데를 찾게 마련입니다.

자라는 드디어 토끼를 찾았습니다. 앞으로 토끼는 어떻게 될까요? 자라가 토끼를 꾀는 말과 토끼가 대꾸하는 말도 예사롭지 않습니다. '어떻게든 지금 현실에서 버텨야지'와 '에잇, 사는 형편이라고는 생각만 해도 지긋지

굿해' 사이에서 왔다 갔다 하는 토끼의 마음과, 그 마음을 파고드는 자라의 입놀림은, 아등바등 살면서 가다 허황한 꿈에 지피는 보통 서민대중의 마음속과 머릿속을 참 잘 그리고 있습니다.

『토끼전』이 다만 지배 계급에 대한 원색적인 욕 한마디에 그쳤다면 앙상한 이야기를 면치 못했을 테지요. 뻔한 얘기는 태어났다 해도 크게 자라지 못하고 스러집니다. 그저 "저 나쁜 놈!" 한마디라면 소설로, 판소리로 벋기 어렵습니다. 이 작품의 풍자는 지배 계급과 함께한 사회의 일원으로 사는 보통 사람들의 현실과 마음을 향하고도 있습니다. 풍자는 한군데 고여 있지 않고, '용왕 - 수궁 벼슬아치 - 자라 - 산군 - 산속 짐승 - 토끼'를 타고 흐릅니다. 고비마다 흥미롭게 엮은 대화는 독자로 하여금 다음 상황에 대한 기대를 품게 합니다. 이쯤은 돼야 더 자랄 수 있습니다. 이쯤은 돼야 다른 갈래로 새 길을 낼 수 있습니다.

내 나이 990

말문이 터졌다
거짓말도 길이 나니
막히는 데가 없었다

시내와 개울이나 보던 토끼는 바다 앞에서 넋이 나갔다.

"저게 모두 물이라고?"

"그렇지!"

"저 속에서 산다고?"

"아무렴!"

"콧구멍에 물 들어가 숨을 쉴 수 있소?"

"그러기에 자라 콧구멍은 조그맣지요."

"내 코는 구멍이 크니 어쩌나요?"

"쑥잎 뜯어 막든지."

"깊기는 얼마나 깊소?"

"우리 발목에 오지요."

"이런 거짓말! 빠졌다 하면 한 달을 내려가도 땅에 발이 안 닿겠지."

"나 먼저 들어갈 테니, 구경이나 하소."

자라가 팔짝 뛰어 바다 위에 둥실 떠서 허위허위 헤엄을 쳤다.

"뭐가 깊어?"

토끼가 하하 웃었다.

"너 지금 헤엄치는 거지?"

"들어와 보면 알겠지."

토끼가 시험 삼아 언덕에 앞발 딛고 물속에 두 발을 조심조심 넣는 찰나, 자라가 쏜살같이 달려들어 토끼 뒷발목을 꼭 물고 물속으로 쑥 들어갔다.

"아이고, 이놈아, 좀 놓아라! 나 죽겠다, 좀 놓아라!"

물로 나온 자라의 토끼 대접이 변했다.

"이놈아, 아가리 벌리지 마라. 짠물 들어간다. 내 등에 업혀 가만히 있어!"

토끼는 하릴없어 자라 등에 업혀 바다에 둥둥 뜨더니만 어디론가 향했다. 토끼는 다시 내릴 수도 없고, 털 없는 등딱지에 앉아 있자니 온몸이 아프기만 했다.

"여보시오, 자라 나리. 여기 어디 주막 있소?"

"무엇하게?"

"송곳이든 끌이든 연장 하나 얻어다가 자라 나리 등에 말뚝 박아 손잡이나 하게요."

"오래 타면 이력 난다. 입 다물고 매달려 있어."

처음 배를 탄 사람처럼, 토끼가 멀미 끝에 마구 토하기 시작했다.

"수궁은 고사하고 가는 길에서 나 죽겠네!"

"그럼 혼자 헤엄쳐 도로 뭍으로 가든지."

그렁저렁 가노라니 과연 바닷길에도 이력이 났다. 토끼는 게우기도 멈추고 내 집 마루에라도 앉은 듯 자라 등에 편히 걸터앉았다. 등딱지 위의 소란이 그치자 자라는 더욱 속도를 냈다.

"어서 가자, 어서 가!"

한 곳에서 자라는 쑥 물속으로 들어갔다. 토끼는 다시 눈을 질끈 감았다. 정신없이 수궁 들어가는 문 밖에 당도하니 수궁을 지키는 여러 물고기 군사가 자라를 보고 절을 올렸다.

"평안히 다녀오셨으며, 토끼 놈은 잡았습니까?"

자라가 으쓱하며 대답했다.

"이놈이 토끼다. 착실히 맡아 두라. 나는 임금께 보고부터 드리고 오겠다."

자라가 문 안으로 쑥 들어가니 토끼 생각에 암만해도 탈이 난 셈 아닌가. 이제 곧 벼슬 살 나한테 토끼 놈이라니? 토끼 놈이라니! 토끼가 형편을 살피느라 군사들에게 말을 걸었다.

　"당신들은 뉘시오?"

　"수궁 문지기 군사다."

　"수궁에서 토끼는 왜 찾아요?"

　"수궁 용왕님 병세가 위중하신데 토끼 간을 약으로 쓰느라 잡아 왔지. 멍청한 놈, 죽기가 좋으냐? 왜 고향을 내버리고 예까지 따라왔는고? 허허허……."

　토끼는 이제 죽었구나 싶었다. 자라는 바로 용왕 앞으로 가 절을 올렸다.

　"만 리 밖에 나갔던 주부 자라가 돌아왔습니다!"

　용왕이 자라를 반가이 맞았다.

　"토끼는? 토끼는!"

　"산 채로 잡아 문 밖에 대령했습니다."

　"빨리 잡아들이라!"

　나졸과 수궁의 군사가 일시에 내달아 토끼를 에워쌌다. 군사 중 하나가 토끼 두 귀를 꽉 잡고 "네가 토끼냐!" 하고 호통을 쳤다. 기가 막혀 가슴이 벌렁벌렁하면서도 토끼는 상황을 모면해 보겠다고 갖은 말을 지어냈다.

"아이구, 나 토끼 아니오. 나는 개요."

"개라도 좋다. 잘 묶어 두었다가 한여름에 개장국 끓여 먹지."

"잠깐, 나는 개가 아니고, 소요."

"소 같으면 더욱 좋다. 너를 잡아 등심, 갈비, 양, 천엽, 콩팥까지 골고루 먹고, 뿔은 빼어 활도 매고, 가죽 벗겨 신도 짓지. 이 소를 몰아가자."

"아이고, 나는 소 아니고 말이오."

"말이라니 더욱 좋다. 임금님이 타고 다닐 말이 없었는데 너를 산 채로 몰아다가 임금님께 바치면 큰 상금 받겠지."

토끼가 정신없이 끌려 들어가니, 몸 긴 고래와 몸 큰 곤어는 좌우로 나누어 서고, 도롱뇽과 이무기는 앞뒤로 서고, 그 밖에 별별 물고기가 깃발과 창검과 방패를 들고 늘어섰다. 토끼의 조막만 한 몸통은 수궁 넓은 뜰에서 좁쌀 한 알과 다름없었다. 용왕은 병 때문에 거동조차 못 하다가 토끼를 보고 새로 정신이 왈칵 났다.

"토끼의 간이 아니면 다른 약이 없는데, 내가 주부 자라 덕분에 너를 얻었다. 네 간을 내어 먹고 병이 나은 뒤에라도, 토끼네 공을 어찌 잊겠느냐. 장례도 후히 지낼 테고, 너의 이름을 역사에 남기리라. 조금도 서러워 말고 배 내밀어 칼을 받아라."

토끼가 아무 대답 아니하고 고개를 숙였다. 고개 숙인 중에도 정신을 아주 놓지 않고 어떻게든 살아날 궁리를 하며 머리를 굴리기 시작했다. 토끼가 갑자기 고개를 번듯 들어 용왕을 바라보며 눈물을 뚝뚝 떨어뜨렸다. 용왕 속으로 '저것이 나 때문에 죄 없이 죽게 됐지, 죽는 길이나마 좋은 말로 위로하자' 하는 생각이 들었다.

"서러우냐?"

토끼가 똑 부러지게 대답했다.

"죽기가 서러운 게 아니옵고, 제대로 못 죽게 됐으니 눈물이 납니다."

"그것이 웬 말인가?"

"아뢰겠습니다. 토끼와 같은 작은 목숨이 인간세상에는 지천으로 널려 있습니다. 작은 목숨이 독수리 밥 되거나, 사냥개 반찬 되거나, 그물에 걸리거나, 화살에 맞거나, 총에 터지거나,

이러나저러나 오래 못 살고 죽을 텐데, 그렇게 죽으면 세상에 토끼가 왔다 갔는지 누가 알겠습니까. 제 간으로 용왕의 병을 고쳤다고 하면 그 영예와 이름이 천년만년 전할 텐데, 방정맞은 제가 오늘 간 없이 왔으니 말로 다 할 수 없이 가슴이 아픕니다."

용왕이 껄껄 웃었다.

"미련한 놈. 거짓말을 하려면 그럴듯하게 할 것이지, 천만부당한 말을 누가 곧이들을 테냐? 네 몸이 여기 왔는데, 간이 어찌 안 왔을까?"

토끼가 하늘을 보고 한참 크게 웃었다. 용왕이 다시 물었다.

"간사한 꾀가 드러나니 더 할 말 없어 웃는구나?"

토끼가 다시 목소리를 가다듬었다.

"옛말에 일렀으되, 지혜로운 자 천 번 생각하는데 한 번 실수할 때가 있고, 우매한 자가 천 번 생각하는데 한 번 잘할 때가 있다 했습니다. 이러므로 어린아이 말도 귀담아들으라 하는 것이 성인의 가르침입니다."

용왕은 '이놈이?' 하는 생각이 들었다. 토끼는 죽을힘을 다해 말을 엮기 시작했다.

"드릴 말씀은 많으나 지엄한 분의 무식함에 웃음부터 납니다. 대왕은 무궁한 변화의 술수를 지니셨습니다. 하늘에 오르고 땅에 들어가고, 구름을 일으키고 비를 내리기를 자유자재로 하십니다. 그런데 토끼의 간이 나왔다 들어갔다 하는 일을, 나무하는 아이나 목동 들도 아는 일을 혼자 모르십니까? 어찌 그리 무식하십니까? 차고 이지러지는 이치를 달이 맡아 세상에 보여 줍니다. 달은 음력 보름 이전이면 차다가 보름 이후면 줄어들고, 그 달에서 방아를 찧는 영물이 토끼올시다. 땅 위에서는 조수간만이 나아가고 물러나는 이치를 보여 줍니다. 사리[12]에는 물이 많고, 조금[13]에는 적습니다. 토끼의 배 속은 달과 조수의 이치를 품었으니, 보름 전에는 간을 배에 두고 보름 후에는 간을 밖에 두는 게 당연합니다. 이렇게 남다르기에 제 간이 약이 될 수 있는 것입니다. 만일 다른 짐승같이 배 속에만 간이 줄곧 있으면, 똑같은 짐승의 간 중에서 토끼의 간만이 좋다고 하겠습니까? 이번 달 보름, 마침 산속 모임이 있기에 제가 손

---

12 사리 음력 보름과 그믐. 밀물과 썰물의 차가 가장 클 때. 한사리라고도 함.
13 조금 밀물과 썰물의 차가 가장 적을 때. 한조금이라고도 함.

수 제 간을 파초 잎에 고이 싸 산꼭대기 늙은 소나무 가지에 높이높이 매달고 모임에 갔다가 자라를 만나 바로 수궁으로 들어왔으니, 다음 달 초하루에 배 속에 넣을 간이 어찌 오늘 제 배 속에 들어 있겠습니까?"

용왕이 홀린 듯 토끼의 말에 빠져들었다.

"손도 없는 것이 배 속에 있는 간을 어찌 쉽게 집어내고 집어넣는단 말인가?"

토끼가 천연덕스레 대꾸했다.

"배에다 힘만 주면 밑으로 간이 나오고, 입으로 삼키면 도로 들어가지요."

용왕이 울상이 됐다.

"네 간이 아니면 병을 못 고칠 텐데, 네 배에 간 없으니 어찌하면 좋겠느냐?"

토끼가 자라를 한 번 쳐다보고 대답했다.

"제가 제 아내에게 간 보내라고 편지를 쓰겠습니다. 헤엄 잘 치고 책임감 강한 자라한테 다시 한 번 임무를 맡기시지요. 저는 수궁이 좋아서 수궁에 있겠습니다."

자라가 옆에 엎드려 엉터리 문답을 듣고 있자니 기가 막혔다. 엎드린 채로 생각의 갈피가 잡혔다.

'내가 토끼의 처가 누군지 알고 찾아간담. 찾아간들 그 사이에 다른 서방을 맞았으면 옛 서방을 위해 헛심을 쓰겠나. 배 속에 간이 없다니, 암만해도 거짓말이다, 토끼 배를 가르고 보는 게 수다!'

결심한 자라가 저번 회의 때처럼 썩 나서서 외쳤다.

"토끼의 간이 들락날락한다는 소리는 어떤 역사책에도 없습니다! 이치에도 닿지 않습니다. 토끼 배를 갈라 간이 없으면, 제가 인간 세계에 또 나가서 보름 전 잡아 올 테니, 지금 토끼 놈의 배부터 가르옵소서!"

토끼가 이러다 죽겠다 싶어 자라에게 악을 썼다.

"네놈의 언동이 갈수록 방정이다. 처음 나를 만났을 때, 정직하게 사정을 털어놓았으면 그날이 보름 우리 식구 수백 명이 함께 간을 빼낸 김에, 그중에 약효 더 좋은 간을 골라 수궁에 보냈을 것을! 네놈이 음험하여 벼슬하러 수궁 가자고 나를 속이는 바람에 일이 글렀다. 남 잘 속이는 놈과는 태평성대를 함께 맞을 수 없음이라! 나를 죽여 간 없으면 어떤 토끼를 다시 보겠느냐? 내가 수궁 벼슬 하느라 자라 따라갔다는 말이 이미 산중에 널리 퍼졌을 것이다. 너 혼자 또 산속에 가 봐라. 그때 산속에서 본 짐승들이 '토끼는 어디에 두고 이제 누굴 또 속이려 돌아왔는가' 하고 달려들 것이다. 토끼를 또 잡아? 토끼 잡기 고사하고 네 목숨이 붙어나 있겠니? 네까짓 놈 죽기가 아까우랴? 대왕 병환은 어찌하나? 생각 없이 악담이나 퍼붓다니! 에라 이놈아, 내 목숨 죽는 것은 조금도 한이 없다. 매나 사냥개에게 구차히 죽기보다, 수궁 용왕님 앞에서, 만조백관이 보는 가운데 나라의 보검으로 배를 가르면 그런 영화가 또 있겠느냐? 아나, 옜다, 갈라라, 내 배 갈라라!"

왈칵 토끼가 배를 까고 덤비니 자라가 당황해 두 눈만 깜빡깜빡했다. 용왕도 기가 막혔다.

"이 일을 어찌할꼬?"

형부상서 준어가 아뢰었다.

"경솔하게 배를 갈랐다가…… 간이 만일 없사오면……. 가르지 마옵소서."

병부상서 수어가 거들었다.

"죽이지 않을뿐더러, 지금은 토끼를 달래야 합니다."

용왕이 이를 받아들여 짐짓 자라를 꾸짖는데 토끼에게는 존칭을 쓰기 시작했다.

"주부 자라야, 토 선생 말씀이 똑 맞다. 사정을 솔직하게 이야기하지 않은 네가 매우 미련하다. 그랬다면 나도 좋고 토 선생도 좋았을 것을. 지난 일은 논하지 말고, 선생 부축하여 모셔 오라."

용왕의 좌우에 있던 시녀가 부축하니 토끼가 원숭이 모양으로 대롱대롱 시녀에게 붙들리어 용왕 옆에 마련된 자리에 가 쪼그리고 앉았다. 용왕이 다시 음성을 온화히 하고 말했다.

"선생의 명성을 우러러보다가, 이렇게 오시게 했으니 미안하오. 선생 간이 그리 좋다면 선생의 간을 먹고 효험 본 이가 더러 있소?"

이제 살았구나 싶은 토끼의 말문이 터졌다. 거짓말도 길이 나니 막히는 데가 없었다.

"끔찍히 많지요. 세상에 신선 됐다는 사람들이 다 토끼 간 먹은 이들이오."

"만일 그렇다면 선생은 어찌하여 신선 노릇 아니하고 산속에서 매와 사냥꾼의 밥 노릇을 하고 있습니까?"

"그 내력이 또 있지요. 사람 사는 세상에서 백 년은 살아야 신선이 되는 법이오."

"하면, 선생은 몇 살이오?"

"올해 990살인데 신선 세계 신선 자리가 다 차서 아직 대기 중이오."

"990년이면 선생 간에 약효가 흠뻑 들었겠소."

"내가 간 빼는 날에는 온 산속에 좋은 향기가 가득하지요."

"선생이 나가서서 간 가지고 오시자면 며칠이 걸릴까요?"

"많이 잡아 보름이면 내왕하기 넉넉하오."

용왕이 좋아라고 어마어마한 잔치를 열었다. 풍악이 대단하고 미인과 춤꾼이 어마어마하게 동원되고 옥쟁반에 호박 술잔이 차려졌다. 그 모습이 저번에 용왕 탈나던 잔치보다 더했다. 토끼는 속으로 생각했다.

"간 주고 이렇게 살 수 있다면 내내 수궁에서 살았으면."

이윽고 경망한 토끼가 술을 많이 마시고는 취한 김에 궁녀들과 섞여 춤을 추다가 외쳤다.

"나는 이토록 용한 간을 가진 영물이다. 나 같은 영물과 입을 맞추면 삼사백 년 그냥 산다!"

궁녀들이 곧이듣고 다투어 달려들어 토끼하고 입을 맞추

었다.

용왕이 다시금 토끼의 간을 염두에 두고 벼슬아치들을 돌아보았다.

"토 선생 돌아오시면 무슨 벼슬을 내릴까?"

벼슬아치들이 한술 더 떴다.

"벼슬, 작위로 되겠습니까. 아예 중국에서 제일 넓은 동정호를 떼어 주시고, 녹봉으로 매년 비단 천 칠에 진주 천 개를 보내옵소서."

토끼가 부아가 나 속으로 분을 삭였다.

'에잇, 이 음흉한 것들. 내가 한 번 속지 두 번 속나. 벼슬, 녹봉 같은 소리 하고 있네. 집어치워라, 두 번 볼 너희가 아니다.'

분은 분이고, 토끼는 다시 온화한 표정을 꾸며 냈다.

"저는 대왕만 나으시면 됩니다. 그러면 꽃다운 제 이름을 길이 역사에 남길 수 있을 테지요. 다른 걱정은 하지 마십시오."

용왕이 다시 외쳤다.

"여봐라, 여기 토 선생께 상을 다시 올리라 하고, 앞으로 토 선생 모함하는 말을 하는 자는 용서치 않고 유배를 보낼 것이다!"

이제 짐승의 간이 배 밖으로 나갔다 들어온다는 소리가 이치에 맞지 않는다는 조정 안팎의 수군거림이 일순간에 끊어졌다.

신라 토끼 김춘추의 고구려 탈출기

　죽을 데로 들어가는 토끼와 닮은 인물이 있습니다. 『토끼전』의 원형을 보여 주는 역사 속의 일화가 있습니다. 바로 7세기, 고구려와 백제와 신라 세 나라가 서로 속고 속이며 무지무지 싸울 때의 이야기입니다.

　신라 선덕여왕 11년, 서기로는 642년, 백제가 신라 대량주_{오늘날의 경상남}도 합천를 빼앗습니다. 이때 대량주 방어의 책임자인 김춘추의 사위 품석이 죽었고, 품석의 아내이자 김춘추의 딸인 고타소랑이 남편을 따라 죽었습니다. 『삼국사기三國史記』에 따르면 그 소식을 들은 김춘추가 "기둥에 기대서서 하루 종일 눈도 깜빡이지 않았고, 사람이나 물건이 그 앞을 지나가도 알아보지 못했다"고 합니다.

복수를 벼르며 고구려로 들어가는 김춘추. 「삼국사기」 열전, 김유신 편에서.

　나중에 신라 제29대 태종 무열왕에 오른 김춘추는 복수를 결심했습니다. 워낙 외교에 귀신같았던 김춘추는 그때까지 적대적인 관계에 있던 고구려를 설득해, 고구려의 병력을 빌려 백제를 치려 했습니다. 백제에게 패한 신라의 상처가 아직 아물지 않았으니까요.

　김춘추는 선덕여왕에게 보고한 뒤, 또한 자신의 정치적 후원자이자 자신의 아내의 오빠이기도 한 김유신에게 뒷일을 부탁하고, 드디어 고구려로 들어갔습니다. 고구려 보장왕은 당시 고구려 정치외교의 최고 책임자인 연개소문을 보내 김춘추를 맞이했습니다. 한 사람이 고구려 보장왕에게 이렇게 충고했습니다.

　"지금 온 신라 사자는 보통 사람이 아닙니다. 아마 우리나라를 정탐하러 왔을 테니 조치를 취해 후환이 없도록 하십시오."

　보장왕은 간언을 받아들였습니다. 보장왕은 군사를 청한다고 온 신라 사신 김춘추에게 예전에 신라가 고구려로부터 빼앗은 땅부터 도로 내놓으라고 했고, 김춘추는 영토 문제를 왕 아닌 신하가 어떻게 할 수 없다고 눙쳤습니다. 그러나 보장왕은 이를 빌미로 김춘추를 가두고 때를 보아 죽여

버리려 했습니다. 왜 바로 못 죽이냐고요? 외교 사절을 함부로 죽일 수는 없습니다. 아직 죽일 핑계가 부족합니다. 핑계를 더 찾아야지요. 이렇게 해서 김춘추는 일은 안 되고, 죽을 고비를 맞았습니다. 그렇다고 넋 놓고 있어서야 나중에 태종 무열왕이 되겠어요? 김춘추는 보장왕의 신뢰를 받는 선도해에게 뇌물과 다름없는 선물도 바치고, 술자리도 베풀었습니다. 술자리에서 선도해가 농담하듯 슬쩍 말했습니다. 선도해가 김춘추에게 들려준 이야기를 옮깁니다.

그대는 거북과 토끼의 이야기를 들어 본 적 있소? 옛날 동해 용왕의 딸이 심장병이 났는데 의원이 '토끼 간을 얻어 약을 지으면 고칠 수 있습니다'라고 했소. 하지만 바다에 토끼가 없으니 어쩔 수 없었소. 이때 한 거북이 용왕에게 '제가 토끼 간을 구할 수 있습니다'라고 아뢰었소. 거북이 육지에 올라 토끼를 보고는 '바닷속에 섬이 하나 있는데 샘이 맑으며 돌은 하얗고, 수풀은 무성하고 과일은 맛이 좋으며, 추위와 더위가 오지 못하고, 매도 송골매도 침입하지 못한다. 네가 가기만 하면 편안하게 살며 걱정이 없을 것이다'라고

말했소. 이렇게 해서 거북이 토끼를 등에 업고 2~3리쯤 헤엄쳐 가다가 토끼를 돌아보며 '지금 용왕의 딸이 병이 들었는데, 토끼의 간이 약이 되는 까닭에 고생을 무릅쓰고 너를 업고 갈 따름이다'라고 했소. 토끼가 대꾸했소.

'아! 나는 신령스러운 존재의 후예라 능히 오장을 꺼내 씻어 넣을 수 있다. 일전에 잠시 마음이 어지러워 마침내 간과 심장을 꺼내 씻어 잠깐 바위 아래에 두었는데, 너의 달콤한 이야기를 듣고 곧바로 오느라 간은 여전히 거기에 두었다. 어찌 간을 가지러 되돌아가지 않겠는가. 그렇게 하면 너는 구하는 것을 얻게 되고, 나는 비록 간이 없어도 또한 살 수 있다. 어찌 너나 나나 모두 좋지 않겠는가.'

거북은 그 말을 믿고 돌아가 해안에 오르자마자 토끼가 풀 속으로 도망치며 거북에게 '어리석구나, 네 녀석은! 어찌 간 없이 살 수 있는 자가 있겠는가?' 라고 하였소. 거북은 멍하니 아무 말도 못 하고 물러갔소.

선도해가 말을 마치자 김춘추는 딱 감을 잡았습니다. 김춘추는 보장왕에게 '신라로 귀국해 선덕여왕에게 청해 신라가 차지한 고구려의 옛 땅을

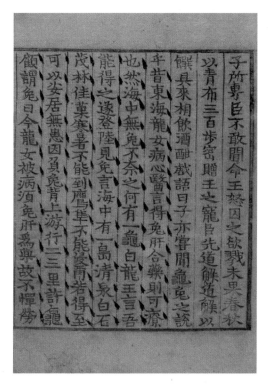

구토지설. 『삼국사기』 열전, 김유신 편에 나오는 구토지설. 선도해와 김춘추가 술을 마시며 이야기를 나누다 자연스럽게 구토지설이 펼쳐진다.

돌려주도록 하겠다'고 했지요. 그리고 하늘의 해를 두고 맹세한다고 했습니다. 게다가 김유신이 이끄는 정예부대 결사대가 만일을 대비해 국경에서 대기하고 있다는 소식도 들려왔습니다. 보장왕은 김춘추를 놓아주었습니다. 김춘추는 국경을 넘으면서, 자신을 전송한 고구려 사람에게 '살아남기 위해 보장왕에게 거짓말을 했다'고 털어놓았습니다.

김춘추의 목숨을 살린 선도해의 이야기. 어쩌면 이리도 그 짜임새가 『토끼전』과 닮았는지요. 이 이야기는 『삼국사기』에 실려 전해 오며 흔히 '구토지설龜兎之說'이라고 합니다. '거북과 토끼에 얽힌 이야기'라는 뜻이지요.

선도해가 말한 우화 속 토끼는 김춘추와 맞아떨어집니다. 고구려가 돌려받고자 한 옛 땅은 토끼의 간하고 맞아떨어집니다. 그러고 보면 토끼의 간을 구하는 '구토지설' 속 용왕은 고구려 보장왕과 맞아떨어지고요. 세부에 차이는 있지만요.

김춘추는 살자고 갖은 꾀를 냈습니다. 뇌물이 대수겠어요. 살자면 하늘의 해에 대고 맹세하는 시늉쯤 못 하겠어요. 이는 토끼가 짜낸 허풍과 장

담 섞은 거짓말과 한길입니다. 보장왕은 아무튼, 어리석게도 적국의 거물을 놓쳤고요.

　김춘추의 일은 7세기에 벌어진 일입니다. 『토끼전』이 지금 보는 모습을 갖춘 때는 19세기입니다. 정말 긴 세월을 두고 이야기와 이야기의 맥이 이어져 있군요.

바다 쥐 멀리서
들리는 소문

똥 덕분인지
무엇 때문인지
알 길이 없다

잔치를 마치고 토끼는 급히 용왕과 작별했다. 수궁에 더 있기도 싫었다.

"하루가 급합니다. 바로 다녀오겠습니다!"

살았구나! 자라 등에 올라타고 수면으로 오르며 토끼는 쾌재를 불렀다. 그러고 보니 가는 동안 유람객 처지가 아닌가. 토끼 처지에 무슨 바다 구경, 섬 구경, 해안 구경을 하랴. 토끼는 오냐, 구경이나 오지게 하고 가자 하는 마음이 됐다.

"자라야, 이것도 보고 가자, 저것도 보고 가자, 올 때는 바빠서 아무것도 몰랐지. 언제 이런 구경을 해, 하하하."

토끼는 공연히 묻고 자라는 건성으로 답했다.

"저기가 신선 놀던 봉우리냐?"

"신선 놀던 봉우리다."

"저기는 봉황새 날던 데냐?"

"봉황새 날던 데다."

"저기는 또 어디냐?"

"입 아프다. 작작해라."

자라는 토끼를 업고 밤낮으로 헤엄쳐서 만 리 푸른 물결을 지나 드디어 뭍에 닿았다. 자라는 이제 끝났다 싶었다.

"토끼야, 너 얼른 간을 가져 오너라, 우리 수궁 어서 가자!"

이때 토끼가 홀짝 뛰어 언덕 위로 뛰며 깔깔 웃었다.

"이놈 자라야! 네 죄로 말하면 죽여도 아깝지 않도록 괘씸하다. 내가 용왕만큼 미련했다면 내가 물속에서 억울한 혼령이 됐겠지! 배 속의 간이 들락날락한다고? 에라, 이 미련한 놈들아. 네가 내게 한 짓을 생각하면 산속으로 잡아다가 그때 모였던 짐승 다 모아서 너를 잡아 푹 삶아 잔치를 열고 초장 찍어 먹어도 시원치 않다. 다만 너는 용왕의 심부름꾼에 지나지 않으며, 그래도 만경창파 왔다 갔다 한 수고가 있으니 살려는 주겠다."

자라는 기가 막혔다.

"먼 길 왔으니 그냥 가라고 하랴. 사람들이 내 똥이 열을 내리게 한다며 주워다가 앓는 아이를 먹이더라. 혹시 알아? 갖다가 먹이면 병이 나을지."

토끼가 그 자리에서 총알 같은 똥을 누더니 칡잎에 단단히 쌌다. 그러고는 자라를 붙들어다 엎어놓고, 자라 등에 다시 토끼 똥을 놓고 칡으로 단단히 감았다.

"내 똥 먹고도 차도가 없으면 암자라 백 마리 삶아서 백 일 동안 한 마리씩 먹여 보든지! 말린 자라 가루 내 환약 만들어 먹여 보든지!"

자라는 어이없어 물끄러미 엎어져 있는데, 토끼는 좋아라고 이리 뛰고 저리 뛰며 물가에 앉은 엎어진 자라를 할끔할끔 돌아보고 욕설도 퍼부으며 옆으로 뛰어 보고 앞으로도 뛰어 다녔다.

"신통한 이내 재주 잠깐 동안의 말솜씨로 용왕을 속이고 이 물을 도로 건넜지. 반갑고 또 반갑다. 우리 고향 반갑다. 저 푸른 산 저 나무가 새로이 보이는구나. 모두가 전에 보던 그대로 일세. 흰 구름 사이 봉우리는 내가 앉아 졸던 데고, 덩굴이 얽힌 저기는 내가 배고픔을 달래던 데고, 저 나무 아래는 내가 열매 주워 먹던 데 아닌가. 불로초가 대수냐, 어름이 최고더라! 수궁이 좋다 한들 산속만 못하던걸! 수궁 잔치에서 먹던 아무

것도 산속 개복숭아만 못하더라!"

토끼는 하지도 않던 인사가 절로 나왔다.

"너구리 아저씨 평안하오? 오소리 형님 잘 있었소? 벼슬 생각 부디 마시오, 이사 생각 부디 마시오. 벼슬하려 들면 몸이 위태롭고, 고향 떠나 다른 데 가 봐야 천대나 받지. 허튼 꿈 품지 말고, 허황한 말에 속지 말고 삽시다. 살았다, 살았다, 내가 살았다! 내가 돌아왔다, 흰 구름 푸른 산 있는 고향으로 내가 돌아왔다!"

이크! 아차차! 이리 뛰고 저리 뛰던 토끼가 갑자기 덤불로 몸을 숨겼다. 이 새 저 새 우는 소리 울리는 하늘 위로 마침 매가 휙 지나갔다.

"휴, 죽으러 갔다가 살아서 왔는데, 이제 다시 죽을 뻔했구나. 옛말에 복이 가면 화가 오고, 고생 끝에 낙이 온다 했지. 한번 운 좋았다고 늘 좋겠나. 화고 복이고 돌고 돌 텐데, 좋다 말고 죽는 수도 있겠구나. 맞다, 헛된 욕심에 신세 망치기 딱 좋고, 까불다가 낭패를 보지. 말이고 행동이고 몸가짐이고 조심조심해야지. 휴, 다시 큰일 날 뻔했네."

토끼가 방정맞게 날뛰며 산속으로 사라지는 모습을 물끄러미 쳐다보던 자라는 온몸에 힘이 빠졌다. 자라는 하릴없이 엉금엉금 기어 물속으로 들어갔다. 돌아갈 길은 아득하기만 하고 절로 탄식이 새 나왔다.

"야, 이놈 토끼야. 이 거짓말쟁이 토끼야! 아니지 내가 어리석었지, 내 잘못이지. 아이고, 아이고, 어쩔까나. 이 일을 장차 어쩔까나. 아무리 통곡을 해도 일이 글렀네. 나 혼자 돌아가는 길에 새는 어찌 저리 울고, 숲은 어쩌면 이렇게 보기 좋게 우거져 있는가. 바다와 뭍 수만 리 사이를 아무런 보람도 없이 왔다 갔다, 힘은 힘대로 쓰고 공은 아무것도 없구나. 내가 어리석어 토끼란 놈을 놓쳤구나!"

그 뒤로 토끼는 남의 허튼 소리에 속지 않고, 허튼 욕심 품지 않는 신중하고 점잖은 토끼가 됐다고 한다. 또한 바다 저 멀리서 들리는 소문인데, 자라는 면목 없이 돌아갔으나, 마침 용왕이 병이 나아 자라도 별일이 없었다고 한다.

용왕의 쾌유가 토끼 똥 덕분인지, 아니면 자연히 치유가 되었는지는 알 길이 없다.

이솝 우화는
어떻게 불손도서가 되었나?

앞서 '구토지설'을 살펴보았는데요, '구토지설'도 그에 앞서는 이야기와 잇닿아 있습니다. 가령 아득한 고대 인도에 용과 원숭이가 얽힌 우화가 있었습니다. 이런 내용입니다.

용왕의 왕비가 임신했다. 왕비는 원숭이의 염통이 그렇게도 먹고 싶었다. 용왕은 아내의 소원을 풀어 주기 위해 육지로 갔다. 그러고는 나무에서 열매를 따 먹고 있는 원숭이를 찾아냈다. 용왕은 "숲 좋고 먹을 만한 열매가 많은 바닷속으로 가자"고 했다. 원숭이는 이 말에 속아 넘어가 용왕의 등에 업혀 바다로 나아갔는데, 용왕이 도중에 그만 사실을 이야기했다. 깜짝 놀

란 원숭이가 "염통을 나뭇가지에 걸어 두고 왔으니 얼른 다시 가지러 가자"고 하니, 용왕이 원숭이의 말을 곧이듣고 다시 육지로 돌아갔다. 원숭이는 뭍에 닿자마자 나무 위에 올라가더니만 나무 위에서 용왕을 비웃었다.

고대 이란과 메소포타미아 지방에는 이런 우화도 있었다고 합니다.

무화과나무에서 놀기 좋아하는 원숭이와 바다에 사는 거북이 친구가 됐다. 그러던 어느 날 거북의 마누라가 죽을병에 걸렸는데, 마침 원숭이의 간을 먹으면 낫는다는 사실을 알게 되었다. 거북이 원숭이를 잡기 위해 물속 자기 집으로 등에 태워 데려왔는데, 상황을 깨달은 원숭이가 급히 오느라 제 간을 무화과나무에 걸어 놓고 왔다고 둘러댔다. 거북이 원숭이를 등에 태우고 다시 뭍에 이르자, 원숭이는 냉큼 무화과나무 위로 뛰어 올라갔다.

『삼국사기』에 실린 '구토지설'뿐이 아니군요. 『토끼전』은 이 세상 곳곳의 별별 이야기와 관계를 맺고 있습니다. 그 면면한 흐름이 놀랍기만 합니다.

좋은 약이 입에 쓰다는 이치로, 아픈 풍자는 사람들에게 꽤 훌륭한 각성제, 뜨끔해도 다시 찾는 좋은 약이 되겠지요. 그 풍자가 우화의 외투까지 입고 있다면, 이야기 너머를 읽는 재미도 더할 테고요.

풍자 문학 또는 강한 풍자를 쥔 우화는, 비판을 통제하려는 드는 이들에게 둘러대기도 좋습니다. "웃자고 한 소리에 왜 이렇게 민감하신가? 뭐 이렇게까지 발끈하시나?" 물론 권력을 쥔 쪽에서는 마냥 풍자와 우화를 봐주지만도 않습니다. 가령 『황성신문』 1909년 5월 7일자에는 치안 당국이 책을 압수했다는 기사가 실려 있습니다.

경시청에서 어제 책방마다 순사를 내보내 다음과 같은 종류의 책을 압수했다. 『동국사략』, 『유년필독병석의』, 『이십세기조선론』, 『월남망국사』, 『금수회의록』, 『우순소리』 등.

1909년이면 대한제국 망할 즈음입니다. 이미 정치는 일제가 설치한 통감부가 장악하고 있을 때고요.

◎書籍押收　醫視廳에셔 昨日에 巡
査를 各書舖에 派送ᄒᆞ야 押收ᄒᆞᆯ 書籍
의 種類가 如左ᄒᆞ니 東國史略、幼年
必讀 並 釋義、二十世紀朝鮮論、越南
亡國史、禽獸會議錄、우순소리 等이
라더라

◎拓殖監事視察　東洋拓殖株式會
社監事子爵松平氏는 全會社事業部
參事伊藤氏와 同伴ᄒᆞ야 黃海道載寧
、鳳山、黃州 等 方面에 在ᄒᆞᆫ 驛屯士와
其他農事 狀況을 視察코ᄌᆞ ᄒᆞ야 昨日
에 仝地로 向ᄒᆞ야 出發ᄒᆞ얏ᄂᆞᆫ디 今夕
에 歸京ᄒᆞ豫졍이라더라

◎社寺視察發程　內部社寺課長宋
之憲氏가 前報와 如히 社寺에 關ᄒᆞᆫ事

서적압수. 『황성신문』 1909년 5월 7일자에 실린 기사이다. 1907년에 제정된 신문지법과 보안법,
그리고 1909년에 제정된 출판법은 언론과 출판의 자유, 사상의 자유를 말살했다. 당국은 우화를
통한 풍자에도 민감하게 반응했다.

『동국사략』은 대한제국기에 현채라는 역관 출신 교육인이 쓴 중등용 역사 교과서입니다.

『유년필독병석의』는 역사·지리·사회 등의 내용을 망라한 아동용 교과서입니다. 역시 현채가 썼습니다.

『이십세기조선론』은 일본 유학을 다녀온 지식인 김대희가 쓴 정치·경제·사회 평론입니다.

『월남망국사』는 베트남 멸망의 과정을 그린 중국 학자 양계초의 저술을 현채가 한국어로 옮긴 책입니다. 베트남의 처지에 조선 사람들이 깊이 공감했기에, 당시 조선에서 널리 읽혔습니다.

이상 네 책은 통감부가, 일제의 앞잡이들이 압수하고 못 읽게 한 이유를 얼른 짐작할 수 있겠지요. 그런데 『금수회의록』은? 『우순소리』는?

『금수회의록』은 조선 작가 안국선이, 일본 작가 사토 구라타로의 소설 『금수회의인류공격』을 번안해 1908년에 펴낸 작품입니다. 까마귀·여우·개구리·벌·게·파리·호랑이·원앙 등 여덟 동물이 한 회의장에 모여 저마다 인간과 오늘의 세상을 비판하는 연설을 하고, 그 연설을 사람인 '나'가

듣는 짜임새입니다. 전형적인 풍자 문학이고 우화죠. 이 작품에서 정치는 중요한 소재입니다. 그렇지만 구체적인 정치 비판이라기보다는, 넓은 뜻의 문명 비판이라고 할 수도 있습니다. 가령 『금수회의록』은 이런 말로 끝납니다.

"예수 씨의 말씀을 들으니 하나님이 아직도 사람을 사랑하신다 하니, 사람들이 악한 일을 많이 하였을지라도 회개하면 구원 얻는 길이 있다 하였으니 이 세상에 있는 여러 형제자매는 깊이깊이 생각하시오."

그러나 당시 조선에서 이쯤 작품도 압수의 대상이었습니다.

『우순소리』는 더욱 황당합니다. 그 제목을 오늘날의 한국어로 풀면 '우스운 소리'이고요, 한마디로 한국식으로 많이 고쳐 쓴 한국어판 '이솝 우화'입니다. 유명한 정치인이자 언론인인 윤치호가 썼습니다.

1908년에 처음 나온 이 책은 모두 일흔한 편의 짤막짤막한 우화를 담고 있습니다. 그 일흔한 편은 지금 보아도 익숙하고 친근한 내용입니다.

1908년 출간된 『우순소리』 표지. 이솝 우화를 한국식으로 소화해 당시의 한국어로 풀어 썼다.

三 고양이와 원숭이

고양이와 원숭이가 한집에 졍다케 사넌대 둘의 작난이
무쌍하야 원숭아난 보난것마다 훔쳐고 고양이난 쥐잡기
난 마음이 업고 찬장만 드나들더니 하로는 화로에 밤
굿년것을 보고 원숭이가 고양이를 불너 말하되 「형님
저 군밤을 쓰냇스면 우리둘이 잘 먹겟소 마는 내손은
형님처름 재지가 못하니 형님이 쓰내서오」 그말을 듯고
고양이가 화로의 재를 헷치면서 밤을 하나식 쓰내놋는
대로 원숭이난 벗겨 먹더니 쥬인이 들어오매 고양이난
발만 데이고 밤은 맛도 못보고 도망하더라

외인의 심부름으로 믹국하는 사람들 싱각 좀 하

「고양이와 원숭이」 마지막 줄에 직접적인 교훈담을 덧붙였다. "외인(외국인)의 심부름으로 매국하는 사람들 생각 좀 하시오." 이런 교훈이 무색하게 윤치호, 안국선 두 사람은 점점 일제에 부역하는 길을 걷게 된다.

정치 풍자라 할 만한 내용이 없지는 않지만, 외세의 앞잡이를 꾸짖는 문장도 보이지만, 그렇게 몰아가려 해도 전체적인 풍자의 강도는 대단한 정도가 아닙니다. 그야말로 우스운 내용입니다. 그런데도 굳이 압수해 못 보게하려 들었다?

예, 군림하는 쪽에서 알고 있었습니다. 풍자의 힘을요. 풍자는 어두운 현실 아래 지리멸렬한 채로 풀 죽어 있던 사람들에게 웃음을 선사합니다. 이 웃음은 사람들이 잊고 있던 활력을 일깨웁니다. 웃는 동안, 권력을 쥔 자도 조롱과 냉소의 대상이 되고, 우스갯거리가 될 수 있음을 알아챕니다. 보통 사람과 권력자가 대등해지는 때는, 권력자가 웃음거리가 될 때입니다.

풍자가 쥔 공격성에는 방향이 있습니다. 구체성이 있습니다. 용왕의 잘못, 산군의 잘못, 토끼의 잘못, 자라의 잘못은 구체적이고, 그만큼 구체적인 비판의 대상이 됩니다. 두루뭉술하게 '그놈이나 그놈이나', '세상 어차피 그렇고 그렇지' 하는 태도와는 다릅니다. 그 때문에 『금수회의록』이나 『우순소리』쯤의 풍자 앞에서도 당국은 놀라 허둥지둥 압수에 나섰겠지요.

이에 비추어 『토끼전』의 의의를 다시 생각해 보면 어떨까요?

　『토끼전』이 쥔 문학성은 그 줄거리 몇 줄을 머릿속에 넣었다고 해서 알 수 있는 것이 아닙니다. 먼저 즐기십시오. 읽으며 작품 속에 몸을 던지고, 세상 바보들을 크게 비웃으면서, 아울러 '내가 토끼구나', '내가 자라구나', '내가 여우구나' 스스로에게 비웃음을 날리면서 풍자의 힘, 우화의 각성 효과를 한번 만끽해 보십시오. 옛글 읽는 보람은 그때에야 여러분을 찾아갈 것입니다.